中学语文"名著导读"

阅读丛书

艾青诗集

AI QING SHIJI

艾　青／著

江西高校出版社
JIANGXI UNIVERSITIES AND COLLEGES PRESS

图书在版编目（CIP）数据

艾青诗集 / 艾青著 . — 南昌 : 江西高校出版社，2020.12（2023.8 重印）
（中学语文“名著导读”阅读丛书）
ISBN 978-7-5493-9527-9

Ⅰ . ①艾… Ⅱ . ①艾… Ⅲ . ①诗集－中国－当代 Ⅳ . ① I227

中国版本图书馆 CIP 数据核字（2020）第 045932 号

责任编辑：谢四玲
装帧设计：上智博文文化传媒

出版发行	江西高校出版社
社址	江西省南昌市洪都北大道 96 号
编辑电话	（0791）88170591
销售电话	（0791）88170198
网址	www.juacp.com
印刷	南昌市光华印刷有限责任公司
经销	全国新华书店
开本	690 mm × 960 mm　1/16
印张	13
字数	213 千字
版次	2020 年 12 月第 1 版
印次	2023 年 8 月第 9 次印刷
书号	ISBN 978-7-5493-9527-9
定价	25.00 元

赣版权登字 -07-2020-205

前言 QIAN YAN

"名著导读"：阅读的好帮手

统编语文教材已在全国的中小学投入使用，这对广大中小学生来说是一件大好事。新版语文教材对学生的课外阅读给予了前所未有的重视，这提示我们，阅读课外书不再是语文学习可有可无的要求，而是学生学好语文课程和提高语文素养必须要做的事，也是学好其他各门学科的基础。

大家都知道广泛阅读课外书的重要性，但普遍缺少一套行之有效的阅读整本书的方法体系。那么这套体系藏在哪里？就藏在新版语文教材中。为了强调和突出课外阅读的重要性，统编语文教材把课外阅读纳入教材的编排体系。其中，针对小学阶段，新版教材设立了"快乐读书吧"栏目，解决本学期课外阅读"读什么""怎么读"等问题；针对中学阶段，新版教材设立了"名著导读"栏目，达到"激发学生的读书兴趣，让学生养成读书习惯，增加学生的阅读积累"的目的。这两个栏目还为学生提供了阅读书目。

下面我们专门把初中阶段"名著导读"中提到的读书方法，按通用阅读法、文体阅读法、专题探究阅读法为大家梳理出来。

一 通用阅读法

不论阅读什么作品，都有一些通用的阅读方法需要掌握。除了小学阶段常见的字词积累之外，初中阶段需要掌握更复杂、更深层次的阅读方法。

（一）摘抄和做笔记

摘抄就是摘录书中的词语、句子等。做读书笔记包括概括全书要点，并记录自己阅读时产生的疑问、感想等。

（二）圈点勾画和批注

圈点勾画是指阅读时利用符号在文章的字、词、句、段上做出标记。如用圈点标记出精警之处，用波浪线画出重要语句等。

批注是指把批语和注释随手写在书中的空白处，以帮助理解和思考。根据位置不同，批注又分为旁批、眉批、尾批、夹批等。

（三）精读和跳读

学生在阅读一些长篇作品时，可以根据兴趣和读书目的的不同，采取精读或跳读的方法。这两种方法在同一阅读过程中是可以交替使用的，如《西游记》就适合精读与跳读并用。

（四）快速阅读

当读者急于想知道故事或人物的结局时，可以采用快速阅读的方式，以便尽快了解全书的内容。在平时的阅读中，可以通过“心无旁骛，集中精力”“以默读为主”“眼睛的视域要宽”“善于抓住故事的发展脉络和重要信息，有所取舍”四个方面加以训练。

（五）选择性阅读

在读整本书，特别是大部头作品时，学生可以根据兴趣选择吸引自己的章节，选择自己感兴趣的问题，或根据自己的读书目的，有针对性地选择阅读内容。

二　文体阅读法

在阅读经典文学作品时，首先要看看这部作品属于什么文体，了解不同文体的特征。因为每一种文体都有区别于其他文体的独特性。对于不同文体，就要使用不同的阅读方法。

（一）科普作品

科普作品以向大众普及科学知识为主要目的，一般深入浅出，用简明易懂的语言说明复杂、抽象的事理，以利于科学知识的传播。阅读《昆虫记》等科普作品时，除了要了解作家的生平事迹和图书内容的梗概，在阅读过程中，也要懂得如何借助工具书或相关资料查询专业性较强的概念、术语，更要注意体会积极探索的科学精神。

（二）纪实作品

纪实作品是记录人与事真实情况的作品。其基本特点是用事实说话，或记录历史或叙写现实，其内容必须是真实的，不能凭空虚构。所以学生在阅读纪实作品时，最基本的要求是清楚地把握作品所写的事实。

（三）诗歌

无论是古诗词，还是现代诗歌，都是用高度凝练的语言，形象地表达作者的丰富情感，并具有一定的节奏和韵律。因此，学生在阅读诗歌时，一要注意诗歌的表现形式。比如一般分行写，有些押韵，有些不押韵。二要品味诗歌的语言。诗歌的语言更为精简优美，更有利于情感的抒发。三要学会把握诗歌中的意象。四要体味诗歌的情感。五要体会诗歌的理性美。一些诗句往往借助特有的意象道出耐人寻味的道理。

（四）小说

1. 中国古典小说

古典小说往往以其高超的叙事艺术、精湛的描写技巧以及富有表现力的语言而为人称道，特别是以“四大名著”为代表的古典白话小说在这些方面更是堪称典范。所以学生在阅读古典小说时，要把握题材特点和了解古代白话小说的艺术手法，比如在叙事角度上，白话小说一般采取全知全能的视角；阅读时还要分析人物形象，体会语言风格。此外，学生在阅读《儒林外史》等讽刺作品时，要体会作者的批判精神，还要学会欣赏讽刺笔法；最后，要联系现实，深入理解和思考作品的现实意义。

2. 外国小说

外国小说作品众多，有各种流派，反映了不同国家人民的社会生活、风俗民情等。因此，学生在阅读《简·爱》等外国小说时，除了要关注小说的故事情节、人物形象、主题表现等基本元素，还要了解小说的创作背景，理解小说的文化内涵，关注小说的叙事角度，并体会小说的语言特点。

三 专题探究阅读法

除了以上阅读方法，每册教材的“名著导读”下都有“专题探究”的板块。下面我们用表格的方法来展示七至九年级的阅读方法体系：

“名著导读”七至九年级阅读方法表

年级	阅读方法
七年级	1. 阅读经典作品的方法。 2. 精读与跳读并用。 3. 圈点勾画和批注。 4. 快速阅读。
	专题探究： 1.《朝花夕拾》：(1) 鲁迅的童年；(2) 鲁迅笔下的那些人物；(3) 鲁迅的儿童教育观念。 2.《西游记》：(1) 取经故事会；(2) 话说唐僧师徒；(3) 创作新故事。 3.《骆驼祥子》：(1) 给祥子写小传；(2) 探寻悲剧原因；(3) 话说“洋车夫”；(4) 品析“京味儿”。 4.《海底两万里》：(1) 写航海日记；(2) 介绍尼摩船长；(3) 绘制潜水艇简易图。
八年级	1. 阅读科普作品的方法。 2. 阅读纪实作品的方法。 3. 选择性阅读：根据不同兴趣和目的有选择性地进行阅读。 4. 摘抄和做笔记。

续表

年级	阅读方法
八年级	专题探究： 1.《红星照耀中国》：(1) 领袖人物和红军将领的革命之路；(2) 关于长征；(3) 信仰与精神。 2.《昆虫记》：(1) 跟法布尔学观察；(2) 跟法布尔学探究；(3) 跟法布尔学写作。 3.《傅雷家书》：(1) 傅雷的教子之道；(2) 父子情深；(3) 我给傅雷写回信。 4.《钢铁是怎样炼成的》：(1) 保尔 · 柯察金的成长史；(2) 保尔 · 柯察金的形象分析；(3)“红色经典”的现实意义。
九年级	1. 阅读诗歌的方法。 2. 阅读中国古典小说的方法。 3. 阅读讽刺作品的方法。 4. 阅读外国经典小说的方法。
	专题探究： 1.《艾青诗集》：(1) 探讨诗歌的意象；(2) 分析诗歌的艺术手法；(3) 举办诗歌朗诵会。 2.《水浒传》：(1) 探究《水浒传》中的情节；(2) 为《水浒传》人物立传；(3) 分析章回体小说的艺术特点。 3.《儒林外史》：(1) 故事会；(2)《儒林外史》讽刺艺术探究；(3) 续写故事。 4.《简 · 爱》：(1) 探究简 · 爱的形象；(2) 思考爱的真谛；(3) 欣赏与排演。

为了让学生快速掌握以上阅读方法，我们以一些经典内容为例，把这些阅读方法以插件的形式穿插在书中。这样既不会破坏文本的完整性，又能为学生起到

示范作用。

我们相信，在老师的指导下，通过这样点面结合的阅读，学生一定会快乐地走入那神奇、广博的阅读世界。

目录

阳光在远处

阳光在沙漠的远处，
船在暗云遮着的河上驰去，
暗的风，
暗的沙土，
暗的
旅客的心啊。
——阳光嬉笑地
射在沙漠的远处。

一九三二年二月三日　苏伊士河上

名诗赏读

这首诗虽然短，情感却很饱满。

阳光象征着光明，意味着温暖，但河上的船被暗云遮住，阳光照不到船上，更照不进“旅客的心”，“旅客的心”是“暗的”。这种明暗对比的写法抒发了诗人心中的愁苦。此时，诗人远离故土，奔波海外，举目无亲，年轻的心本应热情奔放，对生活充满希望，却流淌着诉不尽的孤独和苍凉。

诗人没有直接展开描写“旅客的心”，而是紧紧抓住“暗”这个字，先后写出“暗云”“暗的风”“暗的沙土”，直至暗的“旅客的心”，逐渐强化了表达效果，使我们一步步走入更深更沉的“暗”——诗人的内心。这内心的

“暗”，让人透不过气，读来尤为令人伤怀、慨叹。船在河上，人在船中，心中的孤寂和惆怅伴随船的行迹一同远去。全诗首尾呼应，诗人用“射”精准传神地刻画了阳光的力度和姿态。

大　堰　河

——我的保姆

大堰河，是我的保姆。
她的名字就是生她的村庄的名字，
她是童养媳，
大堰河，是我的保姆。

我是地主的儿子；
也是吃了大堰河的奶而长大了的
大堰河的儿子。
大堰河以养育我而养育她的家，
而我，是吃了你的奶而被养育了的，
大堰河啊，我的保姆。

大堰河，今天我看到雪使我想起了你：
你的被雪压着的草盖的坟墓，
你的关闭了的故居檐头的枯死的瓦菲，
你的被典押了的一丈平方的园地，
你的门前的长了青苔的石椅，
大堰河，今天我看到雪使我想起了你。

你用你厚大的手掌把我抱在怀里，抚摸我；

在你搭好了灶火之后，
在你拍去了围裙上的炭灰之后，
在你尝到饭已煮熟了之后，
在你把乌黑的酱碗放到乌黑的桌子上之后，
在你补好了儿子们的为山腰的荆棘扯破的衣服之后，
在你把小儿被柴刀砍伤了的手包好之后，
在你把夫儿们的衬衣上的虱子一颗颗地掐死之后，
在你拿起了今天的第一颗鸡蛋之后，
你用你厚大的手掌把我抱在怀里，抚摸我。

我是地主的儿子，
在我吃光了你大堰河的奶之后，
我被生我的父母领回到自己的家里。
啊，大堰河，你为什么要哭？

我做了生我的父母家里的新客了！
我摸着红漆雕花的家具，
我摸着父母的睡床上金色的花纹，
我呆呆地看着檐头的我不认得的"天伦叙乐"的匾，
我摸着新换上的衣服的丝的和贝壳的纽扣，
我看着母亲怀里的不熟识的妹妹，
我坐着油漆过的安了火钵的炕凳，
我吃着碾了三番的白米的饭，
但，我是这般忸怩不安！因为我
我做了生我的父母家里的新客了。

大堰河，为了生活，
在她流尽了她的乳液之后，
她就开始用抱过我的两臂劳动了，

她含着笑，洗着我们的衣服，
她含着笑，提着菜篮到村边的结冰的池塘去，
她含着笑，切着冰屑窸索的萝卜，
她含着笑，用手掏着猪吃的麦糟，
她含着笑，扇着炖肉的炉子的火，
她含着笑，背了团箕到广场上去晒好那些大豆和小麦，
大堰河，为了生活，
在她流尽了她的乳液之后，
她就用抱过我的两臂，劳动了。

大堰河，深爱着她的乳儿；
在年节里，为了他，忙着切那冬米的糖，
为了他，常悄悄地走到村边的她的家里去，
为了他，走到她的身边叫一声“妈”，
大堰河，把他画的大红大绿的关云长贴在灶边的墙上，
大堰河，会对她的邻居夸口赞美她的乳儿；
大堰河曾做了一个不能对人说的梦：
在梦里，她吃着她的乳儿的婚酒，
坐在辉煌的结彩的堂上，
而她的娇美的媳妇亲切地叫她“婆婆”
……
大堰河，深爱她的乳儿！

大堰河，在她的梦没有做醒的时候已死了。
她死时，乳儿不在她的旁侧，
她死时，平时打骂她的丈夫也为她流泪，
五个儿子，个个哭得很悲，
她死时，轻轻地呼着她的乳儿的名字，
大堰河，已死了，

她死时，乳儿不在她的旁侧。

大堰河，含泪地去了！
同着四十几年的人世生活的凌侮，
同着数不尽的奴隶的凄苦，
同着四块钱的棺材和几束稻草，
同着几尺长方的埋棺材的土地，
同着一手把的纸钱的灰，
大堰河，她含泪地去了。

这是大堰河所不知道的：
她的醉酒的丈夫已死去，
大儿做了土匪，
第二个死在炮火的烟里，
第三，第四，第五
在师傅和地主的叱骂声里过着日子。
而我，我是在写着给予这不公道的世界的咒语。
当我经了长长的漂泊回到故土时，
在山腰里，田野上，
兄弟们碰见时，是比六七年前更要亲密！
这，这是为你，静静地睡着的大堰河所不知道的啊！

大堰河，今天，你的乳儿是在狱里，
写着一首呈给你的赞美诗，
呈给你黄土下紫色的灵魂，
呈给你拥抱过我的直伸着的手，
呈给你吻过我的唇，
呈给你泥黑的温柔的脸颜，
呈给你养育了我的乳房，

呈给你的儿子们，我的兄弟们，
呈给大地上一切的，
我的大堰河般的保姆和她们的儿子，
呈给爱我如爱她自己的儿子般的大堰河。

大堰河，
我是吃了你的奶而长大了的
你的儿子，
我敬你
爱你！

一九三三年一月十四日　雪朝

名诗赏读

这首诗是诗人艾青的成名之作。1933 年 1 月 14 日清晨，身陷囹圄的诗人望着铁窗外纷飞的雪花，想念自己的乳母大堰河。此情此景之下，诗人内心长久的郁结、愤懑再也无法抑制，火山似的喷涌而出，于是便写下了句句饱含血与泪的诗篇：《大堰河——我的保姆》。

“大堰河，是我的保姆。”她的母爱至诚而伟大，可是她的命运却很悲惨。“她是童养媳”，为了生活，她流尽了乳汁，用双臂劳动，做饭、缝补、洗衣、喂猪、晒谷……她整年忙忙碌碌，得到的是什么？仍然一贫如洗！然而，她“含着笑”操劳一切，这“笑”又包含着多少无可奈何和酸楚凄苦？它刺痛人心。最后，大堰河孤苦地“含泪”而去，那草盖的坟墓被雪压着，故居的瓦菲已枯死，园地被典押，门前石椅长了青苔。大堰河一生宽厚仁慈，辛劳无私，但悲惨的命运仿佛不可抗拒。

全诗节奏明快，语调像是控诉。诗人以朴实的语言写出了世间最炙热的情感——对乳母大堰河的怀念和赞美。大堰河悲苦的一生，是反映旧中国大多数母亲的命运的一面镜子。诗句抒发着诗人的愤懑与不平，它们组成一首赞颂母亲的血泪之歌，震撼心灵！

诗歌鉴赏跟我学

艾青在出生时，因母亲难产，被送到同村妇人大叶荷家生活，直到5岁时才重新回到自己家，但是仍然受到冷遇，不能称呼自己的父母为爸爸妈妈，所以，在大叶荷家的生活就成了诗人甜美的记忆。艾青在回顾创作此诗的过程时曾说："是出于感激的心情写的……我幼小的心灵总是爱她，直到我成年，也还是深深地爱她。""只有在大堰河的家里，我才感到温暖，得到宠爱，大堰河爱我，我也爱她。"所以，《大堰河——我的保姆》这首诗，蕴含着诗人对大堰河深沉的怀念、感激和赞美之情。

诗人在诗中歌颂了伟大的母爱。大堰河作为保姆，本来只要尽到养育之责就可以，没有必要付出其他；可是，她却在诗人身上投入了无尽的母爱，甚至远远超过她自己的孩子。诗中写道："你用你厚大的手掌把我抱在怀里，抚摸我；在你搭好了灶火之后，在你拍去了围裙上的炭灰之后，在你尝到饭已煮熟之后，在你把乌黑的酱碗放到乌黑的桌子上之后，在你补好了儿子们的为山腰的荆棘扯破的衣服之后，在你把小儿被柴刀砍伤了的手包好之后，在你把夫儿们的衬衣上的虱子一颗颗地掐死之后，在你拿起了今天的第一颗鸡蛋之后，你用你厚大的手掌把我抱在怀里，抚摸我……大堰河，深爱着她的乳儿；在年节里，为了他，忙着切那冬米的糖，为了他，常悄悄地走到村边的她的家里去，为了他，走到她的身旁叫一声'妈'，大堰河，把他画的大红大绿的关云长贴在灶边的墙上，大堰河，会对她的邻居夸口赞美她的乳儿。"这些细节，生动细腻地展现了大堰河对诗人的母爱，而且她还做着乳儿结婚的美梦，这种美梦代表着大堰河对未来的期望。因此，可以说，大堰河对诗人的爱，是无私而伟大的。

诗人在诗中运用了多种修辞。以排比修辞为例，如"在你……/在你……"八个排比句；"她含着笑……/她含着笑……"六个排比句；"呈给你……/呈给你……"七个排比句。这些排比句式，极大地增强了诗歌气势，使一位勤劳善良、忍辱负重的大堰河母亲的形象，生动地展现在读者面前。诗中还有对比修辞，如大堰河家和诗人亲生父母两家生活的对比，诗人在两家不同待遇的对比，大堰河生前的操劳和死后的凄惨对比……这些对比，使诗歌主题更加鲜明。另外，诗人还运用了反复的修辞，一咏三叹，使诗的抒情性大大增强。

芦　　笛

——纪念故诗人阿波里内尔

当年我有一支芦笛，拿法国大元帅的权杖我也不换。

——阿波里内尔

我从你彩色的欧罗巴
带回了一支芦笛，
同着它，
我曾在大西洋边
像在自己家里般走着，
如今
你的诗集“*Alcool*”是在上海的巡捕房里，
我是“犯了罪”的，
在这里
芦笛也是禁物。
我想起那支芦笛啊，
它是我对于欧罗巴的最真挚的回忆，
阿波里内尔君，
你不仅是个波兰人
因为你
在我的眼里，
真是一节流传在蒙马特的故事，

那冗长的，
惑人的，
由玛格丽特震颤的褪了脂粉的唇边
吐出的堇色的故事。
谁不应该朝向那
白里安和俾斯麦的版图
吐上轻蔑的唾液呢——
那在眼角里充溢着贪婪，
卑污的盗贼的欧罗巴！
但是，
我耽爱着你的欧罗巴啊，
波特莱尔和兰布的欧罗巴。
在那里，
我曾饿着肚子
把芦笛自矜地吹，
人们嘲笑我的姿态，
因为那是我的姿态呀！
人们听不惯我的歌，
因为那是我的歌呀！
滚吧，
你们这些曾唱了《马赛曲》，
而现在正在淫污着那
光荣的胜利的东西！
今天，
我是在巴士底狱里，
不，不是那巴黎的巴士底狱。
芦笛并不在我的身边，
铁镣也比我的歌声更响，
但我要发誓——对于芦笛，

为了它是在痛苦地被辱着，
我将像一七八九年似的
向灼肉的火焰里伸进我的手去！
在它出来的日子，
将吹送出
对于凌侮过它的世界的
毁灭的咒诅的歌。
而且我要将它高高地举起，
以悲壮的 Hymne
把它送给海，
送给海的波，
粗野地嘶着的
海的波啊！

一九三三年三月二十八日

名诗赏读

1933 年春，艾青在上海的监牢里阅读已故的法国现代派诗人阿波里内尔的诗集 *Alcool*（《烧酒》），深受感染，情绪激昂，就像烧酒被点燃，此诗挥笔写就，以为纪念。

诗人自己曾解释过此诗："我把芦笛象征艺术，把元帅节杖象征不正的权力；诗里骂了白里安，骂了德国的俾斯麦；而且说我将像 1789 年似的向巴士底狱伸进我的手去，而这个巴士底狱不是巴黎的巴士底狱。"可见，当时被囚的诗人是在"指桑骂槐"，通过唾骂欧洲的白里安和俾斯麦，表达对中国反动统治者的反抗，诅咒他们灭亡。

这首诗的节奏明朗铿锵，集中的意象围绕着芦笛展开，诗的内涵得以深化；情感抒发直接而深沉。诗人用笔控诉这个没有自由的罪恶世界，将手伸进火焰，虽经受监禁和迫害，仍奋然攫取纯正的精神火种。

一个拿撒勒人的死

一粒麦子落在地里不死，仍旧是一粒；若是死了，就结出许多子粒来。

——《圣经·新约·约翰福音》十二章

朝向耶路撒冷
“和散那！和散那！”的呼声
像归巢的群鸦般聒叫着
成百成千的群众
拥着那骑在驴背上的拿撒勒人
望宏伟的城门
前进着……
拿撒勒人
在清癯的脸上
露着仁慈的笑容。
那微笑里
他记忆起
昨天在伯大尼的宴席上
当玛利亚
倒了哪哒香膏在他脚背上的时候，
同席的加略人犹大的言语
“这香膏
为什么不卖三十两银子

周济周济穷人呢？”
——他说时，露着狡猾的贪婪的光——
如今
在驴背上的——微笑的
被人们欢呼做“以色列王”的
拿撒勒人，已知道了
他自己在这世界上的
生命之最后的价格。
逾越节的前晚
在兴腾的餐席上
当加略人犹大
受了他的遣发
带着钱袋出去之后
他为自己在世之日的短促
以爱的教言遗赠给
那十一个敬慕他的门人
并张开了两臂
申言着：
“荣耀将归于那遭难的人之子的
……不要悲哀，不要懊丧！
我将孤单地回到那
我所从来的地方。
一切都将变更
世界啊
世界受到森严的审判
帝王将受谴责
盲者，病者，贫困的人们
将找到他们自己的天国。
朋友们，请信我

凭着我的预言生活去，
看明天
这片广大的土地
和所有一切属于生命的幸福
将从恺撒的手里
归还到那
以血汗灌溉过它的人们的！
……
不要懊丧，不要悲哀！”
穿过黑色之夜
他和他的十一个门徒
经了汲沦溪
进入那惯常聚集的果园里时
看到了
从小径的那边
闪着灯笼和火把的光
兵士，祭司长，法利赛人的差役
随着那加略人犹大
向这边走来……
“拿撒勒人
在哪里？”
——他看到犹大的眼在暗处
向他固执地窥视着——
于是他走上前去
以手指指着自己的胸脯，说
“是我。”
第二天的黎明
他被拉到彼拉多的前面受着审问
那彼拉多

摸着须子，翻弄着官腔：
“你是被祭司长和耶路撒冷的
长老们所控告的
你诱惑了良民
要拒抗给恺撒的税赋，
你是作乱的魁首
匪徒们的领袖；
你竟说
你能拆毁神的殿宇
这三天之内又建造起你自己的！
你这——
为什么不作声呢？嗯？”
经了苦刑的拷问
这拿撒勒人
坚定地说：
“胜利呵
总是属于我！”
这时候
无数的犹太民众和祭司长
和长老们像野狗般嘶吼着
“把他钉死！
把他钉死！”
他被带进了衙门
那里
兵士们把他的衣服剥去
给他披上了朱红的袍子
给他戴上
用玫瑰花刺做的冠冕
把唾液吐在他的脸上

用鞭子策他的肩膀
大笑地喊着：
“拿撒勒人
恭喜你呵！”
在到哥尔哥察山的道上
兵士们把十字架压在他的肩上
——那是创伤了的肩膀——
苦苦地强迫他背负起来
用苦胆调和的酒
要他去尝。
在他的后面
跟随着一大阵的群众
一半是怀着好奇
一半是带着同情
有些信他的妇女
为他而号啕痛哭
于是他回过头来
断断续续地说：
“耶路撒冷的众女子啊
请不要为我哭泣……”
髑髅地到了！
他被兵士们按到十字架上
从他的手掌和脚背
敲进了四枚长大的钉子……
再把十字架在山坡上竖立起。
他的袍子已被撕成四分
兵士们用它来拈阄：
众人站在远处观望着
有的说他是圣者

有的笑他荒唐
有的摇首冷嘲
“要救人的
如今却不能救自己了。”
落日照着崎岖的山坡
大地无言地默着，
只有原野的远处
传来飓风的吼叫，
整个的苍穹下
聚集着恐怖的云霞……
白日呵，将要去了！
在这最后的瞬间
从地平线的彼方
射出一道巨光
这巨光里映出
三个黑暗的十字架上的
三具尸身——
二个盗匪相伴着
中间的那个
头上钉着一块牌子
那上面
写着三种文字的罪状：
“耶稣，犹太人的王。”

一九三三年六月十六日　病中

铁　窗　里

只能通过这唯一的窗，
我才能——
看见熔铁般红热的奔流着的朝霞；
看见潮退后星散在平沙上的贝壳般的云朵；
看见如浓墨倾泻在素绢上的阴霾；
看见如披挂在贵妇人裸体上的绯色薄纱的霓彩；
看见去拜访我的故乡的南流的云；
看见拥上火的太阳的东海的云；
看见法兰西绘画里的塞纳河上的晴空；
看见微风款步过海面时掀起鱼鳞样银浪般的天；
看见狂热的夏的天，抑郁的春的天，飘逸而
又凄凉的秋的天；
看见寂寞的残阳爬上
延颈歌唱在屋脊上的鸠的肩背；
看见温煦的朝日在翩跹的鸽群的白羽上闪光；
看见夜游的蝙蝠回旋在沉重的暮气里……

只能通过这唯一的窗，
我才能举起——
对于海洋的怀念，

当碧空虚阔地展开的时候；
对于马雅可夫斯基的诗的太阳的怀念，
当炎阳投射在赤色的围墙上；
对于千万的伸着古铜般巨臂的新世界创造者的怀念
当汽笛的声音悠长而豪阔地横过；
对于秋的绯红的森林与萧萧芦洲的怀念，
在秋风里；
对于家乡的满山火焰般杜鹃花的怀念，
在传来的卖花声里；
对于坐着白漆艇荡过烟水淼茫的湖的怀念，
当天空扬过一片云的白帆；
对于都市的汹嚣的夜的街道的怀念，
当墙外喧响过车声与人语；
对于被夕阳烫熨着的大地的怀念；
对于雪的怀念，
五月的秋的海的怀念；
对于一切在我的记忆里留过烙印的东西，都
怀念着……

只能通过这唯一的窗，
我才能举起仰视的幻想的眼波，
在迎迓一切新的希冀——
在黄昏里希冀皓月与繁星，
在深夜希冀着黎明，
在炎夏希冀凉秋，
在严冬又希冀新春，
这不断的希冀啊，

使我感触到世界的存在；
带给我多量的生命的力。
这样，
我才能跨过——
这黎明黄昏，黄昏黎明，春夏秋冬，秋冬春夏的茫茫的时间的大海啊。

（原载 1934 年 12 月《新诗歌》第 2 卷第 4 期）

太　　阳

从远古的墓茔
从黑暗的年代
从人类死亡之流的那边
震惊沉睡的山脉
若火轮飞旋于沙丘之上
太阳向我滚来……

它以难遮掩的光芒
使生命呼吸
使高树繁枝向它舞蹈
使河流带着狂歌奔向它去

当它来时，我听见
冬蛰的虫蛹转动于地下
群众在旷场上高声说话
城市从远方
用电力与钢铁召唤它

于是我的心胸
被火焰之手撕开
陈腐的灵魂
搁弃在河畔
我乃有对于人类再生之确信

一九三七年春

名诗赏读

这首诗主要分为三个部分：先写“太阳向我滚来”的磅礴气势。“从远古的墓茔／从黑暗的年代／从人类死亡之流的那边／震惊沉睡的山脉／若火轮飞旋于沙丘之上／太阳向我滚来……”“滚”字是全诗的诗眼，写出了太阳不可阻挡的气势，无论黑暗多么漫长，光明必然会到来。再写太阳来了之后对大地的巨大影响。“它以难遮掩的光芒／使生命呼吸／使高树繁枝向它舞蹈／使河流带着狂歌奔向它去……”万物复苏，生机盎然。最后，诗人抒发了太阳到来后自己的心境。“于是我的心胸／被火焰之手撕开／陈腐的灵魂／搁弃在河畔／我乃有对于人类再生之确信”，“撕开”“搁弃”等动词提升了全诗的力度，气韵生动，痛快淋漓。

《太阳》创作于1937年春天，此时的中国即将陷入更深重的黑暗，劳苦大众舍身奋斗，一方面要极力抗击外族入侵，一方面要摧毁旧世界。本诗画面丰富，内涵深刻。诗人讴歌太阳，迎接光明，他感到历史的车轮在不断前进，预感到希望的来临，对未来充满信心，太阳从过去“滚”到现在，“滚”向未来，那时，万物与“我”都将得以再生。正如诗人自己所言：“诗是人类向未来寄发的信息；诗给人类以朝向理想的勇气。”

煤的对话

——A-Y.R.

你住在哪里？

我住在万年的深山里
我住在万年的岩石里

你的年纪——

我的年纪比山的更大
比岩石的更大

你从什么时候沉默的？
从恐龙统治了森林的年代
从地壳第一次震动的年代

你已死在过深的怨愤里了么？

死？不，不，我还活着——
请给我以火，给我以火！

一九三七年春

名诗赏读

煤，默默地埋在地下，遇火就会燃烧，发光发热。诗人以“煤”来象征苦难的中华民族，用意贴切，这无疑是源自诗人对民族苦难的深刻体验和理解。

这是一首对话体咏物诗。语言平易朴实，顺畅自然。“你住在哪里？/我住在万年的深山里/我住在万年的岩石里/你的年纪——/我的年纪比山的更大/比岩石的更大。”浓烈的诗味便从这简单的对话中流溢出来。这正如作家所说，“深厚博大的思想，通过最浅显的语言表演出来，才是最理想的诗”。诗人将“煤”拟人化，寥寥几句就写出了“煤”的生命和品格，诗末“煤”的回答则给读者留下了深刻的印象和广阔的想象空间。

“死？不，不，我还活着——请给我以火，给我以火！”彼时，中华民族面临亡国灭种的危机，这些诗句道出了民族的心声，以沉实的力量撼动着人心。

春

春天了
龙华的桃花开了
在那些夜间开了
在那些血斑点点的夜间
那些夜是没有星光的
那些夜是刮着风的
那些夜听着寡妇的咽泣
而这古老的土地呀
随时都像一只饥渴的野兽
舐吮着年轻人的血液
顽强的人之子的血液
于是经过了悠长的冬日
经过了冰雪的季节
经过了无限困乏的期待
这些血迹，斑斑的血迹
在神话般的夜里
在东方的深黑的夜里
爆开了无数的蓓蕾
点缀得江南处处是春了
人问：春从何处来？
我说：来自郊外的墓窟。

一九三七年四月

名诗赏读

这首诗是艾青为纪念左联五烈士而写的。面对国民党的这一残暴行为，诗人义愤填膺，怒不可遏，毅然选择用诗句揭露罪恶。

全诗自始至终围绕着"桃花"铺展。"春天了 / 龙华的桃花开了"，开篇点题。"在那些夜间开了"，那些夜间是"血斑点点的""没有星光的""刮着风的"，并"听着寡妇的咽泣"，这样，"桃花"绽放的环境我们便一目了然，画面触目惊心。紧接的几句，诗人将笔墨落在"血"上，刻画了"饥渴的野兽"的暴戾。经过"悠长的冬日""冰雪的季节"和"无限困乏的期待"，血没有白流，桃花爆开，春天到来。"血迹"和"桃花""春天"巧妙地连接起来，意象的象征意义也豁然开朗了。但是有人问道："春从何处来？""我说：来自郊外的墓窟。"最后这两句可谓振聋发聩，画龙点睛。

"在不自由的岁月里我歌唱自由，我是被压迫的民族，我歌唱解放。"春天，烈士的鲜血换来桃花的盛开，在"东方的深黑的夜里"，在这一首杰作中。

生　　命

有时
我伸出一只赤裸的臂
平放在壁上
让一片白垩的颜色
衬出那赭黄的健康

青色的河流鼓动在土地里
蓝色的静脉鼓动在我的臂膀里

五个手指
是五支新鲜的红色
里面旋流着
土地耕植者的血液

我知道
这是生命
让爱情的苦痛与生活的忧郁
让它去担载罢，
让它喘息在
世纪的辛酷的犁轭下，
让它去欢腾，去烦恼，去笑，去哭罢，
它将鼓舞自己

直到颓然地倒下！

这是应该的
依照我的愿望
在期待着的日子
也将要用自己的悲惨的灰白
去衬映出
新生的跃动的鲜红。

一九三七年四月

名诗赏读

《生命》这首诗写的是诗人对于生命的思考。

一开始，鲜明的形象便跃入读者的眼帘，"赤裸的臂""蓝色的静脉""五个手指"……它们就像一个个特写镜头，让人直观生命的活力。诗人写人的生命，只是精心描述一只手臂，运用的是以点带面的创作方法。接着，诗人道出自己对生命的感慨："我知道／这是生命／让爱情的苦痛与生活的忧郁／让它去担载罢……直到颓然地倒下！"生命的真谛是什么？诗人抓住了两个方面——生命的负载和奋进。那"悲惨的灰白"和"新生的跃动的鲜红"，是诗人对生命意义的理解。

这首短诗写得清晰而深邃，明快而含蓄，实虚相间，平实又深刻地表达了生命的色彩、生命的价值和意义，具有很强的感染力。

笑

我不相信考古学家——

在几千年之后，
在无人迹的海滨，
在曾是繁华过的废墟上
拾得一根枯骨
——我的枯骨时，
他岂能知道这根枯骨
是曾经了二十世纪的烈焰燃烧过的？

又有谁能在地层里
寻得
那些受尽了磨难的
牺牲者的泪珠呢？
那些泪珠
曾被封禁于千重的铁栅，
却只有一枚钥匙
可以打开那些铁栅的门，
而去夺取那钥匙的无数大勇
却都倒毙在
守卫者的刀枪下了

如能捡得那样的一颗泪珠
藏之枕畔
当比那捞自万丈的海底之贝珠
更晶莹，更晶莹
而彻照万古啊！

我们岂不是
都在自己的年代里
被钉上了十字架么？
而这十字架
决不比拿撒勒人所钉的
较少痛苦。
敌人的手
给我们戴上荆棘的冠冕
从刺破了的惨白的前额
淋下的深红的血点，
也不曾写尽
我们胸中所有的悲愤啊！
诚然
我们不应该有什么奢望，
却只愿有一天
人们想起我们，
像想起远古的那些
和巨兽搏斗过来的祖先，
脸上会浮上一片
安谧而又舒展的笑——
虽然那是太轻松了，
但我却甘愿
为那笑而捐躯！

一九三七年五月八日

名诗赏读

本诗写于“七七事变”前夕，当时，中华民族已处于水深火热之中，日寇侵占了东北，进犯华北，一场全国性的抵抗侵略者的血与火的斗争即将打响。

诗人起笔描写遥远的未来，视角十分独特，开篇之后，始终以未来的目光注视当下。其中，对于“泪珠”的描写十分精彩，语言极具张力。诗人浓墨重笔刻画的那些牺牲者的泪珠，它们代表着革命者的高贵精神，彻照万古，使得诗境变得博大而辉煌。诗的尾部则充满力量：“诚然 / 我们不应该有什么奢望……”诗人在最后才写到“笑”，表明了自己作为一个革命者的态度——“为那笑而捐躯”。

全诗浑然天成，动人心魄。这是诗人为“无数大勇”谱写的一首颂歌，从宏观上看，诗人是在写人类的进步史，正义与非正义的大搏斗，英雄的“泪珠”比海底的贝珠更加晶莹。

黎　　明

当我还不曾起身
两眼闭着
听见了鸟鸣
听见了车声的隆隆
听见了汽笛的嘶叫
我知道
你又叩开白日的门扉了……

黎明，
为了你的到来
我愿站在山坡上，
像欢迎
从田野那边疾奔而来的少女，
向你张开两臂——
因为你，
你有她的纯真的微笑，
和那使我迷恋的草野的清芬。

我怀念那：
同着伙伴提了篾篮
到田堤上的豆棚下
采撷豆荚的美好的时刻啊——

我常进到最密的草丛中去，
让露水浸透了我的草鞋，
泥浆也溅满我的裤管，
这是自然给我的抚慰，
我将狂欢而跳跃……

我也记起
在远方的城市里
在浓雾蒙住建筑物的每个早晨，
我常爱在街上无目的地奔走，
为的是
你带给我以自由的愉悦，
和工作的热情。

但我却不愿
看见你罩上忧愁的面纱——
因我不能到田间去了，
也不能在街上奔跑——
一切都沉默着，
望着阴郁的雨滴徘徊在我的窗前
我会联想到：死亡，战争，
和人间一切的不幸……

黎明啊，
要是你知道我曾对你
有比对自己的恋人
更不敢拂逆和迫切的期待啊——

当我在那些苦难的日子，

悠长的黑夜
把我抛弃在失眠的卧榻上时，
我只会可怜地凝视着东方，
用手按住温热的胸膛里的急迫的
心跳
等待着你——
我永远以坚苦的耐心，
希望在铁黑的天与地之间
会裂出一丝白线——
纵使你像故意折磨我似的延迟着，
我永不会绝望，
却只以燃烧着痛苦的嘴
问向东方：
“黎明怎不到来？”

而当我看见了你
披着火焰的外衣，
从天边来到阴暗的窗口时啊——
我像久已为饥渴哭泣得疲乏了的
婴孩，
看见母亲为他解开裹住乳房的衣襟
泪眼迸出微笑，
心儿感激着，
我将带着呼唤
带着歌唱
投奔到你温煦的怀里。

一九三七年五月二十三日晨

名诗赏读

“当我还不曾起身／两眼闭着／听见了鸟鸣／听见了车声的隆隆／听见了汽笛的嘶叫／我知道／你又叩开白日的门扉了……”1937年5月23日清晨，艾青在平静之中写出《黎明》的开头，紧接着，诗人又书写了自己对黎明的怀念和期待，以及拥抱黎明的激动心情。

《黎明》这首诗写得明丽潇洒，诵读起来娓娓动听。诗人描写“我”与黎明的关系、“我”对黎明的感情，表达了当时陷入黑暗中的人们对光明的渴望，映照出民众的心声。

诗人运用拟人、比喻的修辞手法，使得诗句更加生动感人，诗味浓郁。例如，“我像久已为饥渴哭泣得疲乏了的婴孩，看见母亲为他解开裹住乳房的衣襟”，将“我”对黎明的渴望之情写得淋漓尽致。本诗和诗人的许多诗篇一样，具有“散文美”。“我怀念那：同着伙伴提了篾篮／到田堤上的豆棚下／采撷豆荚的美好的时刻啊……”诗句自然流畅，深情荡漾，不得不令人赞叹诗人的杰出诗艺。

复活的土地

腐朽的日子
早已沉到河底，
让流水冲洗得
快要不留痕迹了；

河岸上
春天的脚步所经过的地方，
到处是繁花与茂草；
而从那边的丛林里
也传出了
忠心于季节的百鸟之
高亢的歌唱。

播种者呵
是应该播种的时候了，
为了我们肯辛勤地劳作
大地将孕育
金色的颗粒。
就在此刻，
你——悲哀的诗人呀，
也应该拂去往日的忧郁，
让希望苏醒在你自己的

久久负伤着的心里：

因为，我们的曾经死了的大地，
在明朗的天空下
已复活了！
——苦难也已成为记忆，
在它温热的胸膛里
重新漩流着的
将是战斗者的血液。

一九三七年七月六日　沪杭路上

名诗赏读

《复活的土地》写于“七七事变”爆发的前一天，诗人预言中国人民的全面抗日战争即将来临，第二天，预言就得到了证实。

这首诗总共分为四节。前两节主要是写景，借景抒情。第一节开篇就点明了主旨——“腐朽的日子”，即水深火热的生活即将结束，中华民族的解放即将来临；第二节，诗人描写了光明的日子里的景象，春天的脚步、歌唱的百鸟、辛勤的播种者等，土地复活的日子即将来到，诗人对抗战的胜利充满信心；第三节，“悲哀的诗人”勉励自己，让希望在心里苏醒，表达的是融合大众的民族情感；最后一节，诗人直接点题，曾经死去的大地流淌着“战斗者的血液”，它已经复活，渲染深化了主题。

无论是词句，还是创作手法，这首诗都很有特点。诗中的意象有“繁花”“茂草”“鸟”“播种者”“战斗者”等，这些意象在视觉上具有直观性，使主题表达得更加透彻、华丽，富有美感；形式上，诗句错落有致，有一种建筑美，整首诗读起来节奏流畅，朗朗上口，具有音乐美。这首诗蕴含着强烈的艺术审美的气韵，每一行诗句都在预示土地的复活和民族的觉醒，很容易击中读者的心灵。

他 起 来 了

他起来了——
从几十年的屈辱里
从敌人为他掘好的深坑旁边

他的额上淋着血
他的胸上也淋着血
但他却笑着
——他从来不曾如此地笑过

他笑着
两眼前望且闪光
像在寻找
那给他倒地的一击的敌人

他起来了
他起来
将比一切兽类更勇猛
又比一切人类更聪明

因为他必须如此

因为他
必须从敌人的死亡
夺回来自己的生存

一九三七年十月十二日　杭州

名诗赏读

这首诗，句句庄严、凝重，洋溢着激情和热血。在民族危亡的时刻，诗人以诗篇抒发内心飓风般的呼号。

诗歌塑造了一个民族巨人的形象，他从屈辱和血泊中站起，准备投入生死抗争，因为他“必须从敌人的死亡 / 夺回来自己的生存”。这样一个生命力十足的抗争者，拥有历史的厚重和现实的空间感，他站起来了，是不会再倒下的。

全诗的语言朴实无华，字字如铁，句句似血，它们如同战斗的士兵，笔挺地站立着，不可动摇。我们似乎感觉不到文字雕琢的痕迹，它们在诗人的笔下自然流动，似有千斤之重。这些平凡的文字雕塑了一个英勇无惧的民族，体现出那个时代的历史特征，浸润着诗人的巨大真诚。

雪落在中国的土地上

雪落在中国的土地上，
寒冷在封锁着中国呀……

风，
像一个太悲哀了的老妇，
紧紧地跟随着
伸出寒冷的指爪
拉扯着行人的衣襟，
用着像土地一样古老的话
一刻也不停地絮聒着……

那从林间出现的，
赶着马车的
你中国的农夫
戴着皮帽
冒着大雪
你要到哪儿去呢？

告诉你
我也是农人的后裔——
由于你们的
刻满了痛苦的皱纹的脸

我能如此深深地
知道了
生活在草原上的人们的
岁月的艰辛。

而我
也并不比你们快乐啊
——躺在时间的河流上
苦难的浪涛
曾经几次把我吞没而又卷起——
流浪与监禁
已失去了我的青春的
最可贵的日子，
我的生命
也像你们的生命
一样的憔悴呀

雪落在中国的土地上，
寒冷在封锁着中国呀……

沿着雪夜的河流，
一盏小油灯在徐缓地移行，
那破烂的乌篷船里
映着灯光，垂着头
坐着的是谁呀？

——啊，你
蓬发垢面的少妇，
是不是
你的家

——那幸福与温暖的巢穴——
已被暴戾的敌人
烧毁了么？
是不是
也像这样的夜间，
失去了男人的保护，
在死亡的恐怖里
你已经受尽敌人刺刀的戏弄？

咳，就在如此寒冷的今夜，
无数的
我们的年老的母亲，
都蜷伏在不是自己的家里，
就像异邦人
不知明天的车轮
要滚上怎样的路程……
——而且
中国的路
是如此的崎岖
是如此的泥泞呀。

雪落在中国的土地上，
寒冷在封锁着中国呀……

透过雪夜的草原
那些被烽火所啮啃着的地域，
无数的，
土地的垦殖者
失去了他们所饲养的家畜
失去了他们肥沃的田地

拥挤在
生活的绝望的污巷里：
饥馑的大地
朝向阴暗的天
伸出乞援的
颤抖着的两臂。

中国的苦痛与灾难
像这雪夜一样广阔而又漫长呀！
雪落在中国的土地上
寒冷在封锁着中国呀……

中国，
我的在没有灯光的晚上
所写的无力的诗句
能给你些许的温暖么？

一九三七年十二月二十八日夜间

名诗赏读

1937年年底，诗人来到武汉，此时抗战受挫，大片国土丢失，民族危机空前严重。诗人心怀忧虑和愤懑，用冷峻的笔触传达了时代的氛围和国人的真实困境。

“雪落在中国的土地上，寒冷在封锁着中国呀……”起首奠定了全诗的基调，把读者猛地推进无法躲避的寒冷中，一股哀伤气息迎面扑来。一幅幅凄惨的场景紧随而至，风的寒冷、雪的寒冷、农人的命运、流亡的母亲等等，诗的意象极具重量，这是落在中国土地上的寒冷的重量！诗人忧愤而深情地呼喊，“中国的路／是如此的崎岖／是如此的泥泞呀”，震颤人心。“所写的无力的诗句，能给你些许的温暖么？”这又像是一种宿命，引发读者沉思。

这首诗充分体现艾青早期诗作的特点，感情赤诚浓烈，诗句爆发出声声呐喊，充满强烈的历史意识和现实关怀。构思上，表现了诗人丰富的想象力，如“饥馑的大地／朝向阴暗的天／伸出乞援的／颤抖着的两臂”此类句子，悲哀的画面令人心碎。诗人和他的诗歌与时代风云、民族危难血肉相融，使读者从诗中感受到精神的战栗。

诗歌鉴赏跟我学

本诗创作于1937年12月，诗人身在武汉。此前，日军相继发动了“七七事变”“八一三事变”，中国军民虽然抗日热情高涨，但在正面战场上却是节节败退，中华民族到了生死存亡的关键时刻。这时，诗人也对战争局势的不断恶化进行了深深的思考。《雪落在中国的土地上》一诗就描述了当时社会的紧张氛围，蕴含了诗人焦急、忧虑的心情。这首诗通过大雪纷飞下的农夫、少妇、母亲等形象，将中华民族的苦痛与灾难表现出来，字里行间渗透着诗人的爱国激情。

“雪落在中国的土地上，寒冷在封锁着中国呀……”这两句在诗中反复出现，起到了承上启下的作用，达到了一咏三叹的艺术效果；而且对寒冷的自然环境的描写，烘托了人物活动的背景，因为民族危亡的阴影正笼罩在中华大地上空，所以诗人从当时的社会环境中感受到真切的寒冷。诗人描述了“寒冷在封锁着中国”的背景下，北方“中国的农夫”和“生活在草原上的人们”，南方“蓬发垢面的少妇”和“年老的母亲”，他们的生活和命运代表着全中国正在遭受苦难的人们，他们的悲惨生活也正是当时全体中国人悲惨生活的缩影。诗人通过这些形象，表现了对他们的深切同情和关怀。而且，诗人不是孤立地、简单地表现自己的同情之心，而是将自己的命运与他们相联系，同呼吸，共命运，这正如诗句所描绘的那样：“而我／也并不比你们快乐啊／——躺在时间的河流上／苦难的浪涛／曾经几次把我吞没而又卷起——／流浪与监禁／已失去了我的青春的／最可贵的日子，／我的生命／也像你们的生命／一样的憔悴呀。”

《雪落在中国的土地上》这首诗所展现的画面，是一种催人心碎的悲剧场景。“蓬发垢面的少妇”“年老的母亲”“土地的垦殖者”，他们都拥挤在“生活的绝望的污巷里：饥馑的大地／朝向阴暗的天”，充满着悲惨凄凉的气氛，这是一种令人痛心的残酷的真实。诗人把这种场景展现出来，正表达了诗人对时代的关切，对人民苦难的深切同情。而诗人在最后四句，直接呼号，表达了自己急切地为祖国献身的心声，也鼓舞了当时的人们。

风 陵 渡

风吹着黄土层上的黄色的泥沙
风吹着黄河的污浊的水
风吹着无数的古旧的渡船
风吹着无数渡船上的古旧的布帆

黄色的泥沙
使我们看不见远方
黄河的水
激起险恶的浪
古旧的渡船
载着我们的命运
古旧的布帆
突破了风，要把我们
带到彼岸

风陵渡是险恶的
黄河的浪是险恶的
听呵
那野性的叫喊
它没有一刻不想扯碎我们的渡船
和鲸吞我们的生命
而那潼关啊

潼关在黄河的彼岸
它庄严地
守卫着祖国的平安。

一九三八年初　风陵渡

北　　方

一天
那个科尔沁草原上的诗人
对我说：
“北方是悲哀的。”

不错
北方是悲哀的。
从塞外吹来的
沙漠风，
已卷去北方的生命的绿色
与时日的光辉
——一片暗淡的灰黄
蒙上一层揭不开的沙雾；
那天边疾奔而至的呼啸
带来了恐怖
疯狂地
扫荡过大地；
荒漠的原野
冻结在十二月的寒风里，
村庄呀，山坡呀，河岸呀，
颓垣与荒冢呀
都披上了土色的忧郁……

孤单的行人，
上身俯前
用手遮住了脸颊，
在风沙里
困苦地呼吸
一步一步地
挣扎着前进……
几只驴子
——那有悲哀的眼
和疲乏的耳朵的畜生，
载负了土地的
痛苦的重压，
它们厌倦的脚步
徐缓地踏过
北国的
修长而又寂寞的道路……

那些小河早已枯干了
河底也已画满了车辙，
北方的土地和人民
在渴求着
那滋润生命的流泉啊！
枯死的林木
与低矮的住房
稀疏地，阴郁地
散布在灰暗的天幕下；
天上，
看不见太阳，
只有那结成大队的雁群

惶乱的雁群
击着黑色的翅膀
叫出它们的不安与悲苦，
从这荒凉的地域逃亡
逃亡到
绿荫蔽天的南方去了……

北方是悲哀的
而万里的黄河
汹涌着混浊的波涛
给广大的北方
倾泻着灾难与不幸；
而年代的风霜
刻画着
广大的北方的
贫穷与饥饿啊。

而我
——这来自南方的旅客，
却爱这悲哀的北国啊。
扑面的风沙
与入骨的冷气
决不曾使我咒诅；
我爱这悲哀的国土，
一片无垠的荒漠
也引起了我的崇敬
——我看见
我们的祖先
带领了羊群

吹着笳笛
沉浸在这大漠的黄昏里；
我们踏着的
古老的松软的黄土层里
埋有我们祖先的骸骨啊，
——这土地是他们所开垦
几千年了
他们曾在这里
和带给他们以打击的自然相搏斗
他们为保卫土地，
从不曾屈辱过一次，
他们死了
把土地遗留给我们——
我爱这悲哀的国土，
它的广大而瘦瘠的土地
带给我们以淳朴的言语
与宽阔的姿态，
我相信这言语与姿态，
坚强地生活在大地上
永远不会灭亡；
我爱这悲哀的国土，
古老的国土
——这国土
养育了为我所爱的
世界上最艰苦
与最古老的种族。

一九三八年二月四日　潼关

名诗赏读

为什么诗人说"北方是悲哀的"？当诗人在古老的潼关写下这首诗时，战火已逼近黄河，北方惨遭侵略者的蹂躏。"北方是悲哀的"，这一声深情的呼唤，有着历史可感的深度和生命可触的痛苦。

诗人用亲切的口吻写下悲哀的北方的境况，那里的寒风席卷一切，那里的人们困苦地呼吸，没有流泉和太阳，黄河倾泻着灾难，到处是贫穷与饥饿的惨状。诗人没有用华丽的修辞和空洞的语言，而是以丰沛的情感和哀而不伤的语调抒发内心的情感，让人只能一口气读下去，随着诗人坦诚的情感一起涌动。全诗读来畅快自由，具有一种散文美，它深沉的节奏依托于诗人的真情和个性。"我爱这悲哀的国土……"民族的苦难，大地的苍茫，灵魂惊醒的沉重，悲哀化为力量，携着隽永的哲思。

艾青曾在诗集《北方》的序文中说："我是酷爱朴素的，这种爱好，使我的情感毫无遮蔽，而我又被自己这种毫无遮蔽的情感激起了愉悦。很久了，我就在这样的境况中写着诗。"鲜明朴素的风格，毫无遮蔽的情感，这就是《北方》的艺术特色。

向　太　阳

从远古的墓茔
从黑暗的年代
从人类死亡之流的那边
震惊沉睡的山脉
若火轮飞旋于沙丘之上
太阳向我滚来……

——引自旧作《太阳》

一、我起来

我起来——
像一只困倦的野兽
受过伤的野兽
从狼藉着败叶的林薮
从冰冷的岩石上
挣扎了好久
支撑着上身
睁开眼睛
向天边寻觅……

我——
是一个

从遥远的山地
从未经开垦的山地
到这几千万人
用他们的手劳作着
用他们的嘴呼嚷着
用他们的脚走着的城市来的旅客，
我的身上
酸痛的身上
深刻地留着
风雨的昨夜的
长途奔走的疲劳

但
我终于起来了
我打开窗
用囚犯第一次看见光明的眼
看见了黎明
——这真实的黎明啊
（远方似乎传来了群众的歌声）
于是我想到街上去

二、街上

早安呵
你站在十字街头
车辆过去时
举着白袖子的手的警察
早安呵
你来自城外的
挑着满箩绿色的菜贩

早安呵
你打扫着马路的
穿着红色背心的清道夫
早安呵
你提了篮子，第一个到菜场去的
棕色皮肤的年轻的主妇
我相信
昨夜
你们决不像我一样
被不停的风雨所追踪
被无止的噩梦所纠缠
你们都比我睡得好啊！

三、昨天

昨天
我在世界上
用可怜的期望
喂养我的日子
像那些未亡人
披着麻缕
用可怜的回忆
喂养她们的日子一样

昨天
我把自己的国土
当作病院
——而我是患了难于医治的病的
没有哪一天
我不是用迟滞的眼睛

看着这国土的
没有边际的凄惨的生命……
没有哪一天
我不是用呆钝的耳朵
听着这国土的
没有止息的痛苦的呻吟

昨天
我把自己关在
精神的牢房里
四面是灰色的高墙
没有声音
我沿着高墙
走着又走着
我的灵魂
不论白日和黑夜
永远地唱着
一曲人类命运的悲歌

昨天
我曾狂奔在
阴暗而低沉的天幕下的
没有太阳的原野
到山巅上去
伏倒在紫色的岩石上
流着温热的眼泪
哭泣我们的世纪

现在好了

一切都过去了

四、日出

太阳出来了……
当它来时……
城市从远方
用电力与钢铁召唤它

——引自旧作《太阳》

太阳
从远处的高层建筑
——那些水门汀与钢铁所砌成的山
和那成百的烟突
成千的电线杆子
成万的屋顶
所构成的
密丛的森林里
出来了……

在太平洋
在印度洋
在红海
在地中海
在我最初对世界怀着热望
而航行于无边蓝色的海水上的少年时代
我都曾看着美丽的日出
但此刻
在我所呼吸的城市
喷发着煤油的气息

柏油的气息
混杂的气息的城市
敞开着金属的胴体
矿石的胴体
电火的胴体的城市
宽阔地
承受黎明的爱抚的城市
我看见日出
比所有的日出更美丽

五、太阳之歌

是的
太阳比一切都美丽
比处女
比含露的花朵
比白雪
比蓝的海水
太阳是金红色的圆体
是发光的圆体
是在扩大着的圆体

惠特曼
从太阳得到启示
用海洋一样开阔的胸襟
写出海洋一样开阔的诗篇

凡谷
从太阳得到启示
用燃烧的笔

蘸着燃烧的颜色
画着农夫耕犁大地
画着向日葵

邓肯
从太阳得到启示
用崇高的姿态
披示给我们以自然的旋律

太阳
它更高了
它更亮了
它红得像血

太阳
它使我想起 法兰西 美利坚的革命
想起 博爱 平等 自由
想起 德谟克拉西
想起《马赛曲》《国际歌》
想起 华盛顿 列宁 孙逸仙
和一切把人类从苦难里拯救出来的
人物的名字

是的
太阳是美的
且是永生的

六、太阳照在

初升的太阳

照在我们的头上
照在我们的久久地低垂着
不曾抬起过的头上
太阳照着我们的城市和村庄
照着我们的久久地住着
屈服在不正的权力下的城市和村庄
太阳照着我们的田野、河流和山峦
照着我们的从很久以来
到处都蠕动着痛苦的灵魂的
田野、河流和山峦……

今天
太阳的炫目的光芒
把我们从绝望的睡眠里刺醒了
也从那遮掩着无限痛苦的迷雾里
刺醒了我们的城市和村庄
也从那隐蔽着无边忧郁的烟雾里
刺醒了我们的田野，河流和山峦
我们仰起了沉重的头颅
从濡湿的地面
一致地
向高空呼嚷
“看我们
我们
笑得像太阳！”

七、在太阳下

“看我们
我们

笑得像太阳！”

那边
一个伤兵
支撑着木制的拐杖
沿着长长的墙壁
跨着宽阔的步伐
太阳照在他的脸上
照在他纯朴地笑着的脸上
他一步一步地走着
他不知道我在远处看着他
当他的披着绣有红十字的灰色衣服的
高大的身体
走近我的时候
这太阳下的真实的姿态
我觉得
比拿破仑的铜像更漂亮

太阳照在
城市的上空

街上的人
这么多，这么多
他们并不曾向我打招呼
但我向他们走去
我看着每一个从我身边走过的人
对他们
我不再感到陌生

太阳照着他们的脸
照着他们的
光洁的，年轻的脸
发皱的，年老的脸
红润的，少女的脸
善良的，老妇的脸
和那一切的
昨天还在惨愁着但今天却笑着的脸
他们都匆忙地
摆动着四肢
在太阳光下
来来去去地走着
——好像他们被同一的意欲所驱使似的
他们含着微笑的脸
也好像在一致地说着
“我们爱这日子
不是因为我们
看不见自己的苦难
不是因为我们
看不见饥饿与死亡
我们爱这日子
是因为这日子给我们
带来了灿烂的明天的
最可信的音讯。”

太阳光
闪烁在古旧的石桥上……

几个少女——

那些幸福的象征啊
背着募捐袋
在石桥上
在太阳下
唱着清新的歌
“我们是天使
健康而纯洁
我们的爱人
年轻而勇敢
有的骑战马
驰骋在旷野
有的驾飞机
飞翔在天空……”
（歌声中断了，她们在向行人募捐）
现在
她们又唱了
“他们上战场
奋勇杀敌人
我们在后方
慰劳与宣传
一天胜利了
欢聚在一堂……”
她们的歌声
是如此悠扬
太阳照着她们的
骄傲地突起的胸脯
和袒露着的两臂
和发出尊严的光辉的前额
她们的歌

飘到桥的那边去了……

太阳的光
泛滥在街上

浴在太阳光里的
街的那边
一群穿着被煤烟弄脏了的衣服的工人
扛抬着一架机器
——金属的棱角闪着白光
太阳照在
他们流汗的脸上
当他们每一步前进时
他们发出缓慢而沉洪的呼声
“杭——唷
杭——唷
我们是工人
工人最可怜
贫穷中诞生
劳动里成长
一年忙到头
为了吃与穿
吃又吃不饱
穿又穿不暖
杭——唷
杭——唷
自从八一三
敌人来进攻
工厂被炸掉

东西被抢光
几千万工友
饥饿与流亡
我们在后方
要加紧劳动
为国家生产
为抗战流汗
一天胜利了
生活才饱暖
杭——唷
杭——唷……”
他们带着不止的杭唷声
转弯了……

太阳光
泛滥在旷场上
旷场上
成千的穿草黄色制服的士兵
在操演
他们头上的钢盔
和枪上的刺刀
闪着白光
他们以严肃的静默
等待着
那及时的号令
现在
他们开步了
从那整齐的步伐声里
我听见
“一！ 二！ 三！ 四！

一！二！三！四！
我们是从田野来的
我们是从山村来的
我们生活在茅屋
我们呼吸在畜棚
我们耕犁着田地
田地是我们的生命
但今天
敌人来到我们的家乡
我们的茅屋被烧掉
我们的牲口被吃光
我们的父母被杀死
我们的妻女被强奸
我们没有了镰刀与锄头
只有背上了子弹与枪炮
我们要用闪光的刺刀
抢回我们的田地
回到我们的家乡
消灭我们的敌人
敌人的脚踏到哪里
敌人的血流到哪里……
……
一！二！三！四！
一！二！三！四！
……”
这真是何等的奇遇啊……

八、今天

今天
奔走在太阳的路上

我不再垂着头
把手插在裤袋里了
嘴也不再吹那寂寞的口哨
不看天边的流云
不彷徨在人行道

今天
在太阳照着的人群当中
我决不专心寻觅
那些像我自己一样惨愁的脸孔了

今天
太阳吻着我昨夜流过泪的脸颊
吻着我被人世间的丑恶厌倦了的眼睛
吻着我为正义喊哑了声音的嘴唇
吻着我这未老先衰的
啊！快要佝偻了的背脊

今天
我听见
太阳对我说
“向我来
从今天
你应该快乐些呵……”

于是
被这新生的日子所蛊惑
我欢喜清晨郊外的军号的悠远的声音
我欢喜拥挤在忙乱的人丛里

我欢喜从街头敲打过去的锣鼓的声音
我欢喜马戏班的演技
当我看见了那些原始的，粗暴的，健康的运动
我会深深地爱着它们
——像我深深地爱着太阳一样

今天，
我感谢太阳
太阳召回了我的童年了

九、我向太阳

我奔驰
依旧乘着热情的轮子
太阳在我的头上
用不能再比这更强烈的光芒
燃灼着我的肉体
由于它的热力的鼓舞
我用嘶哑的声音
歌唱了：
“于是，我的心胸
被火焰之手撕开
陈腐的灵魂
搁弃在河畔……”
这时候
我对我所看见所听见
感到了从未有过的宽怀与热爱
我甚至想在这光明的际会中死去……

一九三八年四月　武昌

人　皮

敌人已败退了——
剩下的是乱石与颓垣
是焚烧过的一片
没有草、没有野花
村野已极荒凉了……
只有那无人走的路边
还留着几棵小树
风吹动着它们
在它们的枝叶间
发出幽微的哀叹的声响……
在一棵小树上
在闪着灰光的叶子的树枝上
倒悬着一张破烂的人皮
涂满了污血的人皮
这人皮
像一件血染的破衣
向这荒凉的土地
披露着无比深长的痛苦……
……这是从中国女人身上剥下的
一张人皮……
不幸的女子啊！
炮火已轰毁了她的家

轰毁了她的孩子，她的亲人
轰毁了她的维系生命的一切
不知是为了不驯从羞辱的戏弄呢
还是为了尊严的倔强的反抗呢
敌人把她处死了——
剥下了她的皮
剥下了无助的中国女人的皮
在树上悬挂着
悬挂着
为的是恫吓英勇的中国人民
无数的苍蝇
就在这人皮上麇集
人皮的下面
是腐烂发臭的一堆
血、肉、泥土，已混和在一起……
而挟着灰色尘埃的风
在把这腐臭的气息
吹送到遥远的，遥远的四方去……

中国人啊，
今天你必须
把这人皮
当作旗帜，
悬挂着
悬挂着
永远地在你最鲜明的记忆里
让它唤醒你——
你必须记住这是中国的土地
这是中国人用憎与爱，

血与泪，生存与死亡所垦殖着的土地；
你更须记住日本军队
法西斯强盗曾在这里经过，
曾占领过这片土地
曾在这土地上
给中国人民以亘古未有的
劫掠，焚烧，奸淫与杀戮！

一九三八年七月三日

黄　昏

黄昏的林子是黑色而柔和的
林子里的池沼是闪着白光的
而使我沉溺地承受它的抚慰的风啊
一阵阵地带给我以田野的气息……

我永远是田野气息的爱好者啊……
无论我漂泊在哪里
当黄昏时走在田野上
那如此不可排遣地困惑着我的心的
是对于故乡路上的畜粪的气息
和村边的畜棚里的干草的气息的记忆啊……

一九三八年七月十六日黄昏　武昌

名诗赏读

“田野的气息”是全诗的核心意象。黄昏时分，诗人走在林中，风带来了“田野的气息”，而“我永远是田野气息的爱好者”。这融在骨子里的气息不断地将“我”带回到故乡的路上，那里有畜粪和干草的气息，它们“不可排遣地困惑着我的心”。

诗歌所要表达的是诗人对故乡的深情，渗透在诗句中的，是诗人对土地深沉的爱。诗歌内容简明，抒情虚实结合，遣词用句也很平实，但全诗给人强烈的艺术感染力，因为诗中流溢着一个漂泊赤子对故土的眷念之情，浓烈而真挚。有人说“艺术的生命在于感情”，诗歌更是如此，真情实感能够让人感同身受，这首诗之所以动人，也是因为如此。

诗人的心与土地血肉相连。那黑色而柔和的林子、那闪着白光的池沼、那畜粪和干草的气息……无论“我”身在何处，漂泊何方，它们都活在“我”的记忆中。“我”之所在，即是故乡。

我爱这土地

假如我是一只鸟，
我也应该用嘶哑的喉咙歌唱：
这被暴风雨所打击着的土地，
这永远汹涌着我们的悲愤的河流，
这无止息地吹刮着的激怒的风，
和那来自林间的无比温柔的黎明……
——然后我死了，
连羽毛也腐烂在土地里面。

为什么我的眼里常含泪水？
因为我对这土地爱得深沉……

一九三八年十一月十七日

名诗赏读

这首短诗写于1938年秋天，正值抗日战争时期，祖国的广大河山被侵华日军蹂躏，国土纷纷沦陷，人们忍痛含泪流亡他乡，饥寒交迫，生死挣扎，中华民族遭受亡国灭种的劫难。诗人心里奔涌着满腔激愤，他以“鸟”自比，用嘶哑的喉咙悲伤地唱出：“这被暴风雨所打击着的土地……”诗人那因深情而颤抖的心灵，咀嚼着中国大地的寒冷，沉重的悲痛如鲠在喉。艾青热爱这土地和土地上的河流、黎明，为之落下无声的“泪水”。

全诗意象生动，内含丰富，“我”——“鸟”，生于斯，歌于斯，死于斯，表达了对这土地至死不渝的忠诚，彰显了艺术个性。诗人的充沛情感如泉涌，词句营造出一种无比悲凉的氛围，雕刻出时代的特征和民族的苦难，让我们得以深切地感受喷薄在诗人心底的巨大痛楚。屏息凝听，一只忧伤的鸟无形地飞落在我们的耳边，正“哀哀叫其间”。“为什么我的眼里常含泪水？因为我对这土地爱得深沉……”最后两句是艾青诗歌中的名句，早已脍炙人口。本诗是诗人最具有代表性的诗作之一。

诗歌鉴赏跟我学

《我爱这土地》这首诗创作于1938年11月，此前广州、武汉刚刚沦陷，全国抗日战争开始由战略防御转入战略相持阶段。日本侵略者在中华大地疯狂烧杀抢掠，妄图摧毁中国人民的抵抗意志；然而，中国人民不甘心做亡国奴，进行了一次次的浴血奋战。诗人就是用这首诗，表达了对祖国的无比深沉的热爱。

这首诗的题目是“我爱这土地”，却以“假如我是一只鸟”来开头，的确出乎意料。诗人是在以鸟自喻，“我也应该用嘶哑的喉咙歌唱”，说明了在国家危亡的紧急关头，即使是一只小鸟也不会屈服，也会发出不屈的声音，体现了“天下兴亡、匹夫有责”的使命感。诗人怀着悲愤、焦虑和痛苦的心情，用“嘶哑的喉咙”歌唱，唱出他为国献身的决心和坚定意志，也为下文从“生”到“死”的转折做好了铺垫。

接下来的四句，诗人采用了象征的手法。一方面，表现了日寇给祖国大地带来了无尽的灾难，中国人民正遭受着巨大的痛苦；另一方面，也表现了中国人民对日寇的无比愤恨，和对美好未来的无限向往之情。其中的“土地”“河流”“风”“黎明”这四个意象，都染上了诗人的主观色彩，实际的指向难以用具体的语言描述。

接下来的两句“然后我死了，连羽毛也腐烂在土地里面”，由前文叙述“生”转为描写“死”，生于斯，死于斯，葬于斯，使感情得到更进一步的抒发，真切地表现了诗人对这片土地深沉而执着的爱。

最后两句“为什么我的眼睛常含泪水？因为我对这土地爱得深沉……”，这里的“我”是指诗人自己，诗人采用一问一答的方式直抒胸臆，淋漓尽致地表达了对这片土地的热爱。

《我爱这土地》这首诗的感情基调是忧郁的、悲哀的，但其中蕴含着不平和壮烈。艾青认为：“在今日，如果能由它而激起一点种族的哀感、不平、愤怒和对于土地的眷恋之情，该是我的快乐吧！”这正是我们今天读诗的感受呀。

吹　号　者

好像曾经听到人家说过，吹号者的命运是悲苦的，当他用自己的呼吸摩擦了号角的铜皮使号角发出声响的时候，常常有细到看不见的血丝，随着号声飞出来……

吹号者的脸常常是苍黄的……

一

在那些蜷卧在铺散着稻草的地面上的困倦的人群里，
在那些穿着灰布衣服的污秽的人群里，
他最先醒来——
他醒来显得如此突兀
每天都好像被惊醒似的，
是的，他是被惊醒的，
惊醒他的
是黎明所乘的车辆的轮子
滚在天边的声音。

他睁开了眼睛，
在通宵不熄的微弱的灯光里
他看见了那挂在身边的号角，
他困惑地凝视着它

好像那些刚从睡眠中醒来

第一眼就看见自己心爱的恋人的人
一样欢喜——
在生活注定给他的日子当中
他不能不爱他的号角；

号角是美的——
它的通身
发着健康的光彩，
它的颈上
结着绯红的流苏。

吹号者从铺散着稻草的地面上起来了，
他不埋怨自己是睡在如此潮湿的泥地上，
他轻捷地绑好了裹腿，
他用冰冷的水洗过了脸，
他看着那些发出困乏的鼾声的同伴，
于是他伸手携去了他的号角；
门外依然是一片黝黑，
黎明没有到来，
那惊醒他的
是他自己对于黎明的
过于殷切的想望。

他走上了山坡，
在那山坡上伫立了很久，
终于他看见这每天都显现的奇迹：
黑夜收敛起她那神秘的帷幔，
群星倦了，一颗颗地散去……
黎明——这时间的新嫁娘啊

乘上有金色轮子的车辆
从天的那边到来……
我们的世界为了迎接她，
已在东方张挂了万丈的曙光……
看，
天地间在举行着最隆重的典礼……

二

现在他开始了，
站在蓝得透明的天穹的下面，
他开始以原野给他的清新的呼吸
吹送到号角里去，
——也夹带着纤细的血丝么？
使号角由于感激
以清新的声响还给原野，
——他以对于丰美的黎明的倾慕
吹起了起身号，
那声响流荡得多么辽远啊……
世界上的一切，
充溢着欢愉
承受了这号角的召唤……

林子醒了
传出一阵阵鸟雀的喧吵，
河流醒了
召引着马群去饮水，
村野醒了
农妇匆忙地从堤岸上走过，
旷场醒了

穿着灰布衣服的人群
从披着晨曦的破屋中出来,
拥挤着又排列着……

于是,他离开了山坡,
又把自己消失到那
无数的灰色的行列中去。
他吹过了吃饭号,
又吹过了集合号,
而当太阳以轰响的光彩
辉煌了整个天穹的时候,
他以催促的热情
吹出了出发号。

三

那道路
是一直伸向永远没有止点的天边去的,
那道路
是以成万人的脚蹂踏着
成千的车轮滚碾着的泥泞铺成的,
那道路
连结着一个村庄又连结一个村庄,
那道路
爬过了一个土坡又爬过一个土坡,
而现在
太阳给那道路镀上了黄金了,
而我们的吹号者
在阳光照着的长长的队伍的最前面,
以行进号

给前进着的步伐
做了优美的拍节……

四

灰色的人群
散布在广阔的原野上，
今日的原野呵，
已用展向无限去的暗绿的苗草
给我们布置成庄严的祭坛了：
听，震耳的巨响
响在天边，
我们呼吸着泥土与草混合着的香味，
却也呼吸着来自远方的烟火的气息，
我们蛰伏在战壕里，
沉默而严肃地期待着一个命令，
像临盆的产妇
痛楚地期待着一个婴儿的诞生，
我们的心胸
从来未曾有像今天这样充溢着爱情，
在时代安排给我们的
——也是自己预定给自己的
生命之终极的日子里，
我们没有一个不是以圣洁的意志
准备着获取在战斗中死去的光荣啊！

五

于是，残酷的战斗开始了——
无数千万的战士
在闪光的惊觉中跃出了战壕，

广大的，激剧的奔跑
威胁着敌人地向前移动……
在震撼天地的冲杀声里，
在决不回头的一致的步伐里，
在狂流般奔涌着的人群里，
在紧密的连续的爆炸声里，
我们的吹号者
以生命所给予他的鼓舞，
一面奔跑，一面吹出了那
短促的，急迫的，激昂的，
在死亡之前决不中止的冲锋号，
那声音高过了一切，
又比一切都美丽，
正当他由于一种不能闪避的启示
任情地吐出胜利的祝祷的时候，
他被一颗旋转过他的心胸的子弹打中了！
他寂然地倒下去
没有一个人曾看见他倒下去，
他倒在那直到最后一刻
都深深地爱着的土地上，
然而，他的手
却依然紧紧地握着那号角；
在那号角滑溜的铜皮上，
映出了死者的血
和他的惨白的面容；
也映出了永远奔跑不完的
带着射击前进的人群，
和嘶鸣的马匹，
和隆隆的车辆……

而太阳，太阳
使那号角射出闪闪的光芒……

听啊，
那号角好像依然在响……

一九三九年三月末

名诗赏读

诗人为我们描绘了一个吹号者的形象，“他最先醒来”，总是挺立在高地，把生命的热血化为号声，将黎明的声音和光明一起吹送到远方。诗的第二节，吹号者的崇高感情打动人心，“他开始以原野给他的清新的呼吸／吹送到号角里去……世界上的一切／充溢着欢愉／承受了这号角的召唤……”，感情饱满、悲壮，并在诗的第五节升华为一种圣洁之境，“他被一颗旋转过他的心胸的子弹打中了”，寂然地倒下，吹号者获得永生，映着血和阳光的号角依然在响！

这首诗是诗人为牺牲的吹号者所写的一首哀歌，它朴素、自然，是从诗人心灵里流出来的。《吹号者》全诗充溢着博大的生命的激情，融进了诗人的哀伤和期望，而诗人自己，就是一个不怕牺牲生命的吹号者。我们仿佛能从诗中清晰地听到那唤醒并激励一个民族奋勇向前的号角声，不可遗忘，它飞向你，飞向我，飞向远方，飞向历史的深处。

他死在第二次

一　舁床

等他醒来时
他已睡在舁床上
他知道自己还活着
两个弟兄抬着他
他们都不说话

天气冻结在寒风里
云低沉而移动
风静默地摆动树梢
他们急速地
抬着舁床
穿过冬日的林子

经过了烧灼的痛楚
他的心现在已安静了
像刚经过了可怕的恶斗的战场
现在也已安静了一样

然而他的血
从他的臂上渗透了绷纱布

依然一滴一滴地
淋滴在祖国的冬季的路上

就在当天晚上
朝向和他的舁床相反的方向
那比以前更大十倍的庄严的行列
以万人的脚步
擦去了他的血滴所留下的紫红的斑迹

二　医院

我们的枪哪儿去了呢
还有我们的涂满血渍的衣服呢
另外的弟兄戴上我们的钢盔
我们穿上了绣有红十字的棉衣
我们躺着又躺着
看着无数的被金属的溶液
和瓦斯的毒气所啮蚀过的肉体
每个都以疑惧的深黑的眼
和连续不止的呻吟
迎送着无数的日子
像迎送着黑色棺材的行列
在我们这里
没有谁的痛苦
会比谁少些的
大家都以仅有的生命
为了抵挡敌人的进攻
迎接了酷烈的射击——
我们都曾把自己的血
流洒在我们所守卫的地方啊……

但今天，我们是躺着又躺着
人们说这是我们的光荣
我们却不要这样啊
我们躺着，心中怀念着战场
比怀念自己生长的村庄更亲切
我们依然欢喜在
烽火中奔驰前进呵
而我们，今天，我们
竟像一只被捆绑了的野兽
呻吟在铁床上
——我们痛苦着，期待着
要到何时呢？

三　手

每天在一定的时候到来
那女护士穿着白衣，戴着白帽
无言地走出去又走进来
解开负伤者的伤口的绷纱布
轻轻地扯去药水棉花
从伤口洗去发臭的脓和血
纤细的手指是那么轻巧
我们不会有这样的妻子
我们的姊妹也不是这样的
洗去了脓与血又把伤口包扎
那么轻巧，都用她的十个手指
都用她那纤细洁白的手指
在那十个手指的某一个上闪着金光
那金光晃动在我们的伤口
也晃动在我们的心的某个角落……

她走了仍是无言地
她无言地走了后我看着自己的一只手
这是曾经拿过锄头又举过枪的手
为劳作磨成笨拙而又粗糙的手
现在却无力地搁在胸前
长在负了伤的臂上的手啊
看着自己的手也看着她的手
想着又苦恼着
苦恼着又想着
究竟是什么缘分啊
这两种手竟也被搁在一起？

四　愈合

时间在空虚里过去
他走出了医院
像一个囚犯走出了牢监
身上也脱去笨重的棉衣
换上单薄的灰布制服
前襟依然绣着一个红色的十字
自由，阳光，世界已走到了春天
无数的人们在街上
使他感到陌生而又亲切啊
太阳强烈地照在街上
从长期的沉睡中惊醒的
生命，在光辉里跃动
人们匆忙地走过
只有他仍是如此困倦
谁都不曾看见他——
一个伤兵，今天他的伤口

已愈合了，他欢喜
但他更严重地知道
这愈合所含有的更深的意义
只有此刻他才觉得
自己是一个兵士
一个兵士必须在战争中受伤
伤好了必须再去参加战争
他想着又走着
步伐显得多么不自然啊
他的脸色很难看
人们走着，谁都不曾
看见他脸上的一片痛苦啊
只有太阳，从电杆顶上
伸下闪光的手指
抚慰着他的惨黄的脸
那在痛苦里微笑着的脸……

五　姿态

他披着有红十字的灰布衣服
让两襟摊开着，让两袖悬挂着
他走在夜的城市的宽直的大街上
他走在使他感到陶醉的城市的大街上
四周喧腾的声音，人群的声音
车辆的声音，喇叭和警笛的声音
在紧迫地拥挤着他，推动着他，刺激着他，
在那些平坦的人行道上
在那些炫目的电光下
在那些滑溜的柏油路上
在那些新式汽车的行列的旁边

在那些穿着艳服的女人面前
他显得多么褴褛啊
而他却似乎突然想把脚步放宽些
（因为他今天穿有光荣的袍子）
他觉得他是应该
以这样的姿态走在世界上的
也只有和他一样的人才应该
以这样的姿态走在世界上的
然而，当他觉得这样地走着
——昂着头，披着灰布的制服，跨着大步
感到人们的眼都在看着他的脚步时
他的浴在电光里的脸
却又羞愧地红起来了
为的是怕那些人们
已猜到了他心中的秘密——
其实人家并不曾注意到他啊

六　田野

这是一个晴朗的日子
他向田野走去
像有什么向他招呼似的

今天，他的脚踏在
田堤的温软的泥土上
使他感到莫名地欢喜
他脱下鞋子
把脚浸到浅水沟里
又用手拍弄着流水
多久了——他生活在

由符号所支配的日子
而他的未来的日子
也将由符号去支配
但今天，他必须在田野上
就算最后一次也罢
找寻那像在向他招呼的东西
那东西他自己也不晓得是什么
他看见了水田
他看见一个农夫
他看见了耕牛
一切都一样啊
到处都一样啊
——人们说这是中国
树是绿了，地上长满了草
那些泥墙，更远的地方
那些瓦屋，人们走着
——他想起人们说这是中国
他走着，他走着
这是什么日子呀
他竟这样愚蠢而快乐
年节里也没有这样快乐呀
一切都在闪着光辉
到处都在闪着光辉
他向那正在忙碌的农夫笑
他自己也不晓得为什么笑
农夫也没有看见他的笑

七　一瞥

沿着那伸展到城郊去的

林荫路，他在浓蓝的阴影里走着
避开刺眼的阳光，在阴暗里
他看见：那些马车，轻快地
滚过，里面坐着一些
穿得那么整齐的男女青年
从他们的嘴里飘出笑声
和使他不安的响亮的谈话
他走着，像一个衰惫的老人
慢慢地，他走近一个公园
在公园的进口的地方
在那大理石的拱门的脚旁
他看见：一个残废了的兵士
他的心突然被一种感觉所惊醒
于是他想着：或许这残废的弟兄
比大家都更英勇，或许
他也曾愿望自己葬身在战场
但现在，他必须躺着呻吟着
呻吟着又躺着
过他生命的残年
啊，谁能忍心看这样子
谁看了心中也要烧起了仇恨
让我们再去战争吧
让我们在战争中愉快地死去
却不要让我们只剩一条腿回来
哭泣在众人的面前
伸着污秽的饥饿的手
求乞同情的施舍啊！

八 递换

他脱去了那绣有红十字的灰布制服
又穿上了几个月之前的草绿色的军装
那军装的血渍到哪儿去了呢
而那被子弹穿破的地方也已经缝补过了
他穿着它，心中起了一阵激动
这激动比他初入伍时的更深沉
他好像觉得这军装和那有红十字的制服
有着一种永远拉不开的联系似的
他们将永远穿着它们，递换着它们
是的，递换着它们，这是应该的
一个兵士，在自己的
祖国解放的战争没有结束之前
这两种制服是他生命的旗帜
这样的旗帜应该激剧地
飘动在被践踏的祖国的土地上……

九 欢送

以接连不断的爆竹声作为引导
以使整个街衢都激动的号角声作为引导
以挤集在长街两旁的群众的呼声作为引导
让我们走在众人的愿望所铺成的道上吧
让我们走在从今日的世界到明日的世界的道上吧
让我们走在那每个未来者都将以感激来追忆的道上吧
我们的胸膛高挺
我们的步伐齐整
我们在人群所砌成的短墙中间走过
我们在自信与骄傲的中间走过
我们的心除了光荣不再想起什么

我们除了追踪光荣不再想起什么
我们除了为追踪光荣而欣然赴死不再
想起什么……

十　一念

你曾否知道
死是什么东西?
——活着，死去，
虫与花草
也在生命的蜕变中蜕化着……
这里面，你所想起的
是什么呢?
当兵，不错，
把生命交给了战争
死在河畔!
死在旷野!
冷露凝冻了我们的胸膛
尸体腐烂在野草丛里
多少年代了
人类用自己的生命
肥沃了土地
又用土地养育了
自己的生命
谁能逃避这自然的规律
——那末，我们为这而死
又有什么不应该呢?
背上了枪
摇摇摆摆地走在长长的行列中
你们的心不是也常常被那

比爱情更强烈的什么东西所苦恼吗？
当你们一天出发了，走向战场
你们不是也常常
觉得自己曾是生活着，
而现在却应该去死
——这死就为了
那无数的未来者
能比自己生活得幸福么？
一切的光荣
一切的赞歌
又有什么用呢？
假如我们不曾想起
我们是死在自己圣洁的志愿里？
——而这，竟也是如此不可违反的
民族的伟大的意志呢？

十一　挺进

挺进啊，勇敢啊
上起刺刀吧，兄弟们
把千万颗心紧束在
同一的意志里：
为祖国的解放而斗争呀！
什么东西值得我们害怕呢——
当我们已经知道为战斗而死是光荣的？
挺进啊，勇敢啊
朝向炮火最浓密的地方
朝向喷射着子弹的堑壕
看，胆怯的敌人
已在我们驰奔直前的步伐声里颤抖了！

挺进啊，勇敢啊
屈辱与羞耻
是应该终结了——
我们要从敌人的手里
夺回祖国的命运
只有这神圣的战争
能带给我们自由与幸福……
挺进啊，勇敢啊
这光辉的日子
是我们所把握的！
我们的生命
必须在坚强不屈的斗争中
才能冲击奋发！
兄弟们，上起刺刀
勇敢啊，挺进啊！

十二　他倒下了

竟是那么迅速
不容许有片刻的考虑
和像电光般一闪的那惊问的时间
在燃烧着的子弹
第二次——也是最后一次呵——
穿过他的身体的时候
他的生命
曾经算是在世界上生活过来的
终于像一株
被大斧所砍伐的树似的倒下了
在他把从那里可以看着世界的窗子
那此刻是蒙上喜悦的泪水的眼睛

永远关闭了之前的一瞬间
他不能想起什么
——母亲死了
又没有他曾亲昵过的女人
一切都这么简单

一个兵士
不晓得更多的东西
他只晓得
他应该为这解放的战争而死
当他倒下了
他也只晓得
他所躺的是祖国的土地
——因为人们
那些比他懂得更多的人们
曾经如此告诉过他

不久，他的弟兄们
又去寻觅他
——这该是生命之最后一次的访谒
但这一次
他们所带的不再是舁床
而是一把短柄的铁铲

也不曾经过选择
人们在他所守卫的
河岸不远的地方
挖掘了一条浅坑……

在那夹着春草的泥土
覆盖了他的尸体之后
他所遗留给世界的
是无数的星布在荒原上的
可怜的土堆中的一个
在那些土堆上
人们是从来不标出死者的名字的
——即使标出了
又有什么用呢?

一九三九年春末

名诗赏读

这首叙事长诗共十二节，描写了一个普通兵士在抗日战争中从受伤到第二次奔赴前线战死的经过。诗人关注的重点不是可歌可泣的战争故事和离奇曲折的情节，而是着墨于剖析这个兵士的心理活动、情感变化和对战争及生命意义的领悟。创作手法在当时可谓独具创新。

战争的硝烟弥漫在1939年的中国大地上，中华民族的抗战形势依然严峻，战场上却充满了坚定而壮烈的爱国情绪。一个兵士的受伤或战死似乎太过平常，但这份肉体和精神的双重伤痛随着诗人的诗句汇入了民族解放战争的大潮中，抗战的力量在不断壮大，兵士的选择和最终的命运撑开了这首诗的精神内涵。全诗的节奏如同哀歌，清晰而缓慢，沉重的氛围压得人透不过气，战争实在太过严酷。

全诗语言朴实，叙述自然，情真意切，构思奇特，诗句凝聚着悲壮和哀伤，散发着艺术的力量，它扣人心弦，庄严而厚重。“在那些土堆上/人们是从来不标出死者的名字的……”这是一个为了民族解放而战死的无名英雄的坟墓，我们无不心怀敬意!

旷　野

薄雾在迷蒙着旷野啊……

看不见远方——
看不见往日在晴空下的
天边的松林，
和在松林后面的
迎着阳光发闪的白垩岩了；
前面只隐现着
一条渐渐模糊的
灰黄而曲折的道路，
和道路两旁的
乌暗而枯干的田亩……

田亩已荒芜了——
狼藉着犁翻了的土块，
与枯死的野草，
与杂在野草里的
腐烂了的禾根；
在广大的灰白里呈露出的
到处是一片土黄，暗赭，
与焦茶的颜色的混合啊……
——只有几畦萝卜，菜蔬

以披着白霜的
稀疏的绿色，
点缀着
这平凡，单调，简陋
与卑微的田野。

那些池沼毗连着，
为了久旱
积水快要枯涸了；
不透明的白光里
弯曲着几条淡褐色的
不整齐的堤岸；
往日翠茂的
水草和荷叶
早已沉淀在水底了；
留下的一些
枯萎而弯曲的枝杆，
呆然站立在
从池面徐缓地升起的水蒸气里……

山坡横陈在前面，
路转上了山坡，
并且随着它的起伏
而向下面的疏林隐没……
山坡上，
灰黄的道路的两旁，
感到阴暗而忧虑的
只是一些散乱的墓堆，
和快要被湮埋了的

黑色的石碑啊。

一切都这样地
静止，寒冷，而显得寂寞……

灰黄而曲折的道路啊！
人们走着，走着，
向着不同的方向，
却好像永远被同一的影子引导着，
结束在同一的命运里；
在无止的劳困与饥寒的前面
等待着的是灾难、疾病与死亡——
彷徨在旷野上的人们
谁曾有过快活呢？

然而
冬天的旷野
是我所亲切的——
在冷彻肌骨的寒霜上
我走过那些不平的田塍，
荒芜的池沼的边岸，
和褐色阴暗的山坡，
步伐是如此沉重，直至感到困厄
——像一头耕完了土地
带着倦怠归去的老牛一样……

而雾啊——
灰白而混浊，
茫然而莫测，

它在我的前面
以一根比一根更暗淡的
电杆与电线，
向我展开了
无限的广阔与深邃……

你悲哀而旷达，
辛苦而又贫困的旷野啊……

没有什么声音，
一切都好像被雾窒息了；
只在那边
看不清的灌木丛里
传出了一片
畏慑于严寒的
抖索着毛羽的
鸟雀的聒噪……

在那芦蒿和荆棘所编的篱围里
几间小屋挤聚着——
它们都一样地
以墙边柴木的凌乱，
与竹竿上垂挂的褴褛，
叹息着
徒然而无终止的勤劳；
又以凝霜的树皮盖的屋背上
无力地混合在雾里的炊烟，
描画了
不可逃避的贫穷……

人们在那些小屋里
过的是怎样惨淡的日子啊……
生活的阴影覆盖着他们……
那里好像永远没有白日似的，
他们和家畜呼吸在一起，
——他们的床榻也像畜棚啊；
而那些破烂的被絮，
就像一堆泥土一样的
灰暗而又坚硬啊……

而寒冷与饥饿，
愚蠢与迷信啊，
就在那些小屋里
强硬地盘据着……

农人从雾里
挑起篾箩走来，
篾箩里只有几束葱和蒜；
他的毡帽已破烂不堪了，
他的脸像他的衣服一样污秽，
他的冻裂了皮肤的手
插在腰束里，
他的赤着的脚
踏着凝霜的道路，
他无声地
带着扁担所发出的微响，
慢慢地
在蒙着雾的前面消失……

旷野啊——
你将永远忧虑而容忍
不平而又缄默么？

薄雾在迷蒙着旷野啊……

一九四〇年一月三日晨

名诗赏读

“道路”“野草”“禾根”“墓堆”“田塍”“小屋”……诗人以他细致而冷静的笔触为读者描述了一幅中国农村的旷野图，凋敝的景象随处可见，那隐藏着的“我”想要诉说些什么呢？旷野应该是广袤的、丰饶的，一代代农人在这片土地上耕耘生息，我们的祖祖辈辈在这里挥汗流血，可是，他们的辛劳和汗水没有换来富裕和昌盛，美好的希望次次落空。荒凉、贫穷和愚蠢依然如瘟疫肆掠着旷野——“你将永远忧虑而容忍/不平而又缄默么？”不，不，不！旷野的这种凋敝不能再继续下去了，必须要改变其丑陋的面目。要怎么办才好？起来斗争——与侵略者斗争、与腐败的统治者斗争。诗人没有直白地道出这层意思，需要我们自己领会，这正是这首诗的高明之处，它点燃了人们的奋斗之心。诗句间则波动着诗人内心激越的情感，深沉而繁复。

黎明的通知

为了我的祈愿
诗人啊，你起来吧

而且请你告诉他们
说他们所等待的已经要来

说我已踏着露水而来
已借着最后一颗星的照引而来

我从东方来
从汹涌着波涛的海上来

我将带光明给世界
又将带温暖给人类

借你正直人的嘴
请带去我的消息

通知眼睛被渴望所灼痛的人类
和远方的沉浸在苦难里的城市和村庄

请他们来欢迎我——

白日的先驱，光明的使者

打开所有的窗子来欢迎
打开所有的门来欢迎

请鸣响汽笛来欢迎
请吹起号角来欢迎

请清道夫来打扫街衢
请搬运车来搬去垃圾

让劳动者以宽阔的步伐走在街上吧
让车辆以辉煌的行列从广场流过吧

请村庄也从潮湿的雾里醒来
为了欢迎我打开它们的篱笆

请村妇打开她们的鸡埘
请农夫从畜棚牵出耕牛

借你的热情的嘴通知他们
说我从山的那边来，从森林的那边来

请他们打扫干净那些晒场
和那些永远污秽的天井

请打开那糊有花纸的窗子
请打开那贴着春联的门
请叫醒殷勤的女人

和那打着鼾声的男子

请年轻的情人也起来
和那些贪睡的少女

请叫醒困倦的母亲
和她身旁的婴孩

请叫醒每个人
连那些病者与产妇

连那些衰老的人们
呻吟在床上的人们

连那些因正义而战争的负伤者
和那些因家乡沦亡而流离的难民

请叫醒一切的不幸者
我会一并给他们以慰安

请叫醒一切爱生活的人
工人，技师以及画家

请歌唱者唱着歌来欢迎
用草与露水所渗合的声音

请舞蹈者跳着舞来欢迎
披上她们白雾的晨衣

请叫那些健康而美丽的醒来
说我马上要来叩打她们的窗门

请你忠实于时间的诗人
带给人类以慰安的消息

请他们准备欢迎，请所有的人准备欢迎
当雄鸡最后一次鸣叫的时候我就到来

请他们用虔诚的眼睛凝视天边
我将给所有期待我的以最慈惠的光辉

趁这夜已快完了，请告诉他们
说他们所等待的就要来了

（原载1940年5月30日《半月文艺》杂志第24、25期合刊）

名诗赏读

黎明与光明形影不离。对深陷黑夜的民族来说，徒手等待，黎明不会到来，只有以血肉做誓死抗争，长久与黑暗搏斗，才能迎来黎明的脚步。此时，抗日战争进入最艰苦的阶段，冒着生命危险来到延安的诗人，敏锐地感受到中华民族的黎明就要到来，内心欢悦，激情满怀。于是，诗人成为黎明的使者，传达黎明的祈愿——革命胜利和全国解放。

整首诗语言生动，具体的画面不断地转换和呈现，这些画面描绘的是抗战胜利后的新世界，人人为之欢欣鼓舞，诸多的细节描写亲切可感。

诗人以黎明的眼光来刻画黎明到来时的场景，构思巧妙。拟人化的“黎明”请诗人“叫醒一切的不幸者”，并“告诉他们／说他们所等待的就要来了”，有趣又饱含深意。全诗将黎明到来的意义鲜活、深刻地揭示出来，表现了诗人与民族命运的血肉相连，以及对这场伟大斗争必胜的坚定信念。

诗歌鉴赏跟我学

《黎明的通知》这首诗发表于1940年，当时中国人民正处于抗日战争最困难的阶段，人们看不见胜利的前景，换句话说，正处于黎明前最黑暗的时刻，人们渴望黎明的到来。诗人用自己的笔表现了人们对黎明到来的渴盼之情。这首诗热情地歌颂了象征着光明和幸福的黎明，表达了诗人对抗战胜利后的新生活的无比向往之情。

这首诗的描写角度非常新颖。诗人没有从常人的思维逻辑出发，描写人们怎样期盼、怎样迎接黎明的到来；而是转换了角度，将“黎明”拟人化，采用第一人称的叙述方式，让“黎明”通过自己的行为，表现出人们的期盼之情。这种叙述角度，不仅使“黎明”的形象显得可亲，而且给人耳目一新的感觉，同时也将诗人心中的那种极度喜悦的心情表现出来。

这首诗的结构形式也很新颖。新诗，在一般情况下每节的句数是不相同的。而《黎明的通知》这首诗，是每两句一节，每节中的各句字数多不相同，这样形成了整饬有序又有变化的形式，使整首诗显得十分活泼。这种形式正好和诗中的感情节奏相呼应。

这首诗的感情十分充沛，诗人把自己的感情融入一幅幅画面之中。“请清道夫来打扫街衢／请搬运车来搬去垃圾”“请村妇打开她们的鸡埘／请农夫从畜棚牵出耕牛”等诗句，生动形象地展现出了人们迎接黎明到来的画面，其中蕴涵着一种发自内心的喜悦之情。

这首诗的语言十分平易，读起来有一种轻松愉悦的感觉。艾青在诗中没有运用高深的语言，而是最大限度地采用了口语，使整首诗显得通俗易懂。这些语言又十分鲜活，形象地表现了人们的感情。如“打开所有的窗子来欢迎／打开所有的门来欢迎”两句，展现了黎明到来时人们的动静；“请打开那糊有花纸的窗子／请打开那贴着春联的门”两句，就用“花纸”“春联”来装饰门和窗，为黎明时人们的生活增添了喜悦的气氛。

抬

请你们让开
请你们走在人行道上
让我们把他们抬起来
请你们不要拥挤
请你们站在街旁
让我们把他们抬起来
请你们不要叫嚷
请你们用静默表示悲哀
让我们抬起他们来

这是一个妇人
她的脑盖已被弹片打开
让她闭着眼好好地睡
让她过一阵能慢慢地醒来
让我们抬起她送回她的家
让她的家属用哭泣与仇恨安排

这是一个服务队的队员
灰色的制服上还挂有他的臂章
你们认识他么——他的脸已蒙上了土灰
无情的弹片打断了他勤劳的臂

请你们让开，请向他表示悲哀
他已为了减少你们的牺牲而被残害

请你们不要挤，这里还有更多的
他们都是伤兵住在伤兵医院里
他们在前方受了伤躺在床上
等着伤好了再上战场
现在无耻的敌人已把医院炸倒
现在他们已受到了更大的创伤

请大家让开
让我们抬起他们来
请大家站在旁边
让我们抬着舁床走来
请大家记住
这些都是血债……

一九四〇年六月十一日　重庆

名诗赏读

这首诗写于1940年6月的重庆，当时日本侵略者步步紧逼，大片国土沦丧，诗人辗转到了重庆，不料重庆也不安宁。一天，重庆遭到日军轰炸，诗人目睹了战后的惨状，义愤填膺地写下此诗。

"请你们让开 / 请你们走在人行道上 / 让我们把他们抬起来 / 请你们不要拥挤 / 请你们站在街旁 / 让我们把他们抬起来……"作者用一个担架队员的语气向围观群众说明死者身份和死因，这里没有华丽的辞藻，没有故弄玄虚，却表露出沉重的气氛、愤怒的情绪和复仇的决心。

旷野（又一章）

玉蜀黍已成熟得像火烧般的日子：
在那刚收割过的苎麻的田地的旁边，
一个农夫在烈日下
低下戴着草帽的头，
伸手采摘着毛豆的嫩叶。

静寂的天空下，
千万种鸣虫的
低微而又繁杂的大合唱啊，
奏出了自然的伟大的赞歌；
知了的不息聒噪
和斑鸠的渴求的呼唤，
从山坡的倾斜的下面
茂密的杂木里传来……

昨天黄昏时还听见过的
那窄长的峡谷里的流水声，
此刻已停止了；
当我从阴暗的林间的草地走过时，
只听见那短暂而急促的
啄木鸟用它的嘴
敲着古木的空洞的声音。

阳光从树木的空隙处射下来，
阳光从我们的手扪不到的高空射下来，
阳光投下了使人感激得抬不起头来的炎热，
阳光燃烧了一切的生命，
阳光交付一切生命以热情；

啊，汗水已浸满了我的背；
我走过那些用卷须攀住竹篱的
豆类和瓜类的植物的长长的行列，
（我的心里是多么羞涩而又骄傲啊）
我又走到山坡上了，
我抹去了额上的汗
停歇在一株山毛榉的下面——

简单而蠢笨
高大而没有人欢喜的
山毛榉是我的朋友，
我每天一定要来访问，
我常在它的阴影下
无言地，长久地，
看着旷野：
旷野——广大的，蛮野的……
为我所熟识
又为我所害怕的，
奔腾着土地、岩石与树木的
凶恶的海啊……

不驯服的山峦，

像绿色的波涛一样
横蛮地起伏着；
黑色的岩石，
不可排解地纠缠在一起；
无数的道路，
好像是互不相通
却又困难地扭结在一起；
那些村舍
卑微的，可怜的村舍，
各自孤立地星散着；
它们的窗户，
好像互不理睬
却又互相轻蔑地对看着；
那些山峰，
满怀愤恨地对立着；
远远近近的野林啊，
也像非洲土人的鬈发，
茸乱的鬈发，
在可怕的沉默里，
在莫测的阴暗的深处，
蕴藏着千年的悒郁。

而在下面，
在那深陷着的峡谷里，
无数的田亩毗连着，
那里，人们像被山岩所围困似的
宿命地生活着：
从童年到老死，
永无止息地弯曲着身体，

耕耘着坚硬的土地；
每天都流着辛勤的汗，
喘息在
贫穷与劳苦的重轭下……

为了叛逆命运的摆布，
我也曾离弃了衰败了的乡村，
如今又回来了。
何必隐瞒呢——
我始终是旷野的儿子。
看我寂寞地走过山坡，
缓慢地困苦地移着脚步，
多么像一头疲乏的水牛啊；
在我松皮一样阴郁的身体里，
流着对于生命的烦恼与固执的血液；
我常像月亮一样，
宁静地凝视着
旷野的辽阔与粗壮；
我也常像乞丐一样，
在暮色迷蒙时
谦卑地走过
那些险恶的山路；
我的胸中，微微发痛的胸中，
永远地汹涌着
生命的不羁与狂热的欲望啊！
而每天，
当我被难于抑止的忧郁所苦恼时，
我就仰卧在山坡上，
从山毛榉的阴影下

看着旷野的边际——
无言地，长久地，
把我的火一样的思想与情感
溶解在它的波动着的
岩石，阳光与雾的远方……

一九四〇年七月八日　四川

名诗赏读

诗人写出《旷野》不久后，从湖南新宁来到重庆，对旷野又有了新的感受，于是创作了《旷野（又一章）》。

全诗都是以“我”的视角来写的，“我”的所见所闻，“我”的身世和经历，这无疑是诗人对旷野的自白，“我始终是旷野的儿子”。诗人与旷野血肉相融，旷野的命运就是诗人自己的命运。

前后两首《旷野》既有不同之处，又有相通之点。在写作手法上，前者侧重客观描绘，后者偏向主观表达；在情感的抒发上，两首诗基本一致，诗人对旷野上凋敝之景心怀忧虑，第一首更为深重，第二首则稍显明朗。

诗行浸透着浓郁的爱国热情，诗人的赤子之心跳动在“我的胸中，微微发痛的胸中”，神圣，真实，温暖，感人。

公　　路

像那些阿美利加人
行走在加利福尼亚的大道上
我行走在中国西部高原的
新辟的公路上

我从那隐蔽在群山的夹谷里的
一个卑微的小村庄里出来
我从那阴暗的，迷蒙着柴烟的小瓦屋里出来
带着农民的耿直与痛苦的激情
奔上山去——
让空气与阳光
和展开在山下的如海洋一样的旷野
拂去我的日常的烦琐
和生活的苦恼
也让无边的明朗的天的幅员
以它的毫无阻碍的空阔
松懈我的长久被窒息的心啊……

绵长的公路
沿着山的形体
弯曲地，伏贴地向上伸引
人在山上慢慢地升高

慢慢地和下界远离

行走在大气的环绕里
似乎飘浮在半空
我们疲倦了
可以在一棵古树的根上
坐下休息
听山涧从巉岩间
奔腾而下
看鹰鹫与雕鸽
呼叫着又飞翔着
在我们的身边……

而背上负着煤袋的骡马队
由衣着褴褛的人们带引着
由倦怠的喝叱和无力的鞭打指挥着
凌乱地从这里过去
又转进了一个幽僻山峡里去
我们可以随着它们的步伐
揣摩着在那山峡里和衰败的古庙相毗连
有着一排制造着简陋的工业品的房屋
那些载重的卡车啊
带着愉快的隆隆之声而来
车上的货物颠簸着
那些年轻的人们
朝向我这步行者
扬臂欢呼
在这样的日子
即使他们的振奋

和我的振奋不是来自同一的缘由
我的心也在不可抑制地激动啊

更有那些轻捷的汽车
挣着从金属的反射
所投射出来的日光之翅
陶醉在疾行的速度里
在山脉上
勇敢地飞驰
鼓舞了我的感情与想象
和它们比翼在空中

于是
我的灵魂得到了一次解放
我的肺腑呼吸着新鲜
我的眼瞳为远景而扩大
我的脚因欢忭而踱行在世界上

用坚强的手与沉重的铁锤所劈击
又用爆烈的炸药轰开了岩石
在万丈高的崖壁的边沿
以石块与泥土与水门汀
和成千成万的劳动者的汗
凝固成了万里长的道路
上面是天穹
——一片令人看了要昏眩的蓝色
下面是大江
不止地奔腾着江水
无数的乌暗的木船和破烂的布帆

几乎是静止地漂浮在水面上
从这里看去
渺小得只成了一些灰黯的斑点
人行走在高山之上
远离了烦琐与阴暗的住房
可怜的心，诚朴的心啊
终于从单纯与广阔
重新唤醒了
一个生命的崇高与骄傲——
即使我是一颗蚂蚁
或是一只有坚硬的翅膀的蚱蜢
在这样的路上爬行或飞翔
也是最幸福的啊……

今天，我穿着草鞋
戴着麦秆编的凉帽
行走在新辟的公路上
我的心因为追踪自由
而感到无限地愉悦啊
铺呈在我的前面的道路
是多么宽阔！多么平坦！
多么没有羁绊地自如地
向远方伸展——
我们可以清楚地看见
它向天的边际蜿蜒地远去
那么豪壮地络住了地面
当我在这里向四周凝望
河流，山丘，道路，村舍
和随处都成了美丽的丛簇的树林

无比调谐地浮现在大气里
竟使我如此明显地感到
我是站在地球的巅顶

一九四〇年秋

名诗赏读

当诗人行走在中国西部高原的一条新建的盘山公路上时，诗人心情激动愉快，诗情也开始喷涌，从心底奔泻至笔端，诗句跃然纸上。

“我的灵魂得到了一次解放 / 我的肺腑呼吸着新鲜……”诗人满心欢悦，因为，“人行走在高山之上 / 远离了烦琐与阴暗的住房 / 可怜的心，诚朴的心啊 / 终于从单纯与广阔 / 重新唤醒了 / 一个生命的崇高与骄傲——”一直向往自由、追求自由的诗人感到振奋、激动，情绪不可抑制，“我的心因为追踪自由 / 而感到无限地愉悦啊”。

本诗采用写景与抒情相结合的方式，畅快淋漓地表达了诗人获得“解放”后的心情。所见之景写得鲜活生动，绵长的公路、山的形体、奔腾的山涧、飞翔的鹰鹫和雕鸹等，组成了一幅宏大的图画，读来使读者仿佛身临其境，也使得诗人炽热的情感有了依托。“一切景语皆情语”，情与景浑然一体，相得益彰。

风　的　歌

我是季候的忠实的使者
报告时序的运转与变化
奔忙在世界上

寂静的微寒的二月
我从南方的森林出发
爬上险峻的山峰
走过卑湿的山谷
渡过湖沼与江河
带着温暖与微笑
沿途唤醒沉睡的生物
山巅的积雪溶化了
结冰的河流解冻了
黑色的土地吐出绿色的嫩芽
百鸟在飘动的树枝上歌唱
忧愁从人们脸上消失
含笑的眼睛
看着被阳光照射的田野
布谷鸟站在山岩上
一阵阵一阵阵地叫唤
殷勤地催促着农人
把土地翻耕

把河水灌溉
向田亩播撒种子

晴朗的发光的五月
我徘徊在山谷和田野
河流因我的跳跃激起波浪
池沼因我的漫步浮起皱纹
午后，我疾行在悬崖的边沿
晚上，我休息在森林

我是云的牧人
带领羊群一样的白云
放牧在碧蓝的晴空
从上空慢慢移行
阴影停留在旷野

我是雨的引路人
当大地为久旱所焦灼
我被发怒的乌云推拥
带着急喘，匆忙地
跃上山崖、跳下平野，
疾驰在闪电、雷、雨的前面
拍击着门窗，向人们呼喊：
“大雷雨要来了！
大雷雨要来了！”

成熟的丰盛的八月
挂满稻草的杉树林里
在草堆上微睡之后

走过收割了的田亩
到山脚下的乡村
裹着头巾的农妇
向我发出欢呼
当她们在广场上
高高地举起筛子
摆动风车的扇柄
我就以我的敏捷
帮助这些勤奋的人
把谷壳和米糠吹散出来

起雾和下雨的日子
我走在阴凉的大气里
自然在极度的繁华之后
已临到了厌倦
曾经美丽的东西
都已变成枯萎
飞鸟合上翅膀
鸣虫停止叫唤
我含着伤感
摇落树上欲坠的残叶
打扫枯枝狼藉的院子
推倒被秋雨淋成乌黑的篱笆
挨家挨户督促贫苦的人们
赶快更换屋背上的茅草
上山砍伐冬季的燃料
因为我知道，对于他们
更坏的日子还在后面

阴暗的忧郁的十一月
带着寒冷的雨滴
我离开遥远的北方

有时，在黄昏
穿过荒凉的旷野
我走近一家茅屋
从窗户向里面窥探
一个农夫和他的妻子
对着刚点亮的油灯
为不曾缴纳税租而愁苦
一听见外面有了声音
就突然打了一个寒噤

当我从摩天的山岭经过
盲眼的老人跟我下来
他是季候的掘墓人
以嫉妒为食粮
以仇恨为饮料
他的嘘息侵进我的灵魂
自从他和我同路以来
我就不再有愉快了
我抖索着，牵着他枯干的手
慢慢地从山上走下平原
沿着我来的路向南方移行
四周，看不见人影和兽迹
万物露出惨愁的样子
这个老人！他一边扶着我
一边用痉挛的手摸索

他的手指所触到的东西
都起了一阵可怕的寒战
他的脚一伸到河流
河水就成了僵冻
他睁着灰白无光的眼睛
不断地从嘴里吐出咒语：
“大地死了……大地死了……”
于是他散播着雪片
抛掷着雪团
用一层厚厚的白雪
裹住大地的尸身
当我极目远望时
我也不禁伏倒在山岩上啜泣……

尾　声

等一切生物经过长期的坚忍
经过悠久的黑暗与寒冷的统治
我又从南方海上的一个小岛
起程
站在那第一只北航的船的布帆
后面
带着温暖和燕子、欢快和花朵
唱着白云的柔美的歌
为金色的阳光所护送
向初醒的大地飞奔……

一九四二年九月六日

名诗赏读

这首诗中，诗人描写了风在一年四季里的各种经历，赋予风形态、色彩，甚至感情，它不停地奔波，为人们送去帮助。二月，它"带着温暖与微笑/沿途唤醒沉睡的生物"；五月，它报告"大雷雨要来了"的消息；八月，它"把谷壳和米糠吹散出来"，督促人们修屋子备燃料……

诗人用拟人的手法，由衷地赞美风的精神，使读者感到自然又亲切。生活场景的描述富有生活气息，动人心弦。若没有深厚的生活体验，诗句很可能会流于枯燥和沉闷。诗人准确地抓住了风的特点，例如，"我是云的牧人""我是雨的引路人""跃上山崖、跳下平野"等句子，十分形象生动，可谓精彩纷呈。

精确的语言、真实的描写、独特的表达、充分的情感，种种因素共同成就了这首诗。

人 民 的 城

一

张家口——
人民的城，
美丽的城；

山卫护着，
清水河流过，
没有沙漠，
电气开花，
机器唱歌；
工厂接连着工厂，
汽笛招呼着汽笛，
大卡车大笑着，
满载着货物，
驶进了栈房，
驶进了仓库。

长长的马路，
宽阔的马路，
市集的叫嚣，
人群的喧腾，

无数的车辆驶过，
汽车的喇叭吹叫着；

四面八方来的人们——
从无数乡村来，
从各个根据地来，
从各个解放区来，
带着愉快的呼吸，
带着新奇和感激，
从这条街走到那条街，
两眼看着新的景物。

今天我们在这里，
不像在别的城市，
感到陌生和不安，
感到疑虑和恐怖；
今天我们在这里，
好像在自己的家里，
可以自由自在地走着，
可以昂首阔步地走着……

张家口——
人民的城，
美丽的城。

二

张家口，
有痛苦的记忆，
山也记得，

河水也记得，
老乡更记得；

敌人占领了华北，
“派遣军”的刺刀
插进了张家口，
这里成了“战略基地”，
这里作了“反苏据点”，
无数的浪人来了，
机关都被敌人掌握，
物资都被敌人控制，
张家口成了粮站，
张家口成了火药库；

清水河流过张家口，
把城市分成两边，
一边叫西山坡，
一边叫东山坡——

西山坡上是旧城，
旧城里住的是中国人，
无数的小商人，
无数的苦力，
无数的穷人，
十几万市民，
都生活在敌人皮鞭的下面；

年轻人被绑走了，
牲口被拉走了，

珠宝被抢走了，
年老的病倒了，
女人被糟蹋了；

又是“配给”，
又是“许可”，
又是捐，
又是税，
没有白面，
没有大米，
没有肉，
没有油，
都给敌人拿走了，
连血都快要抽干了；

西沙河的河滩，
变成了屠宰场，
好多老乡被砍头，
好多老乡被活埋，
沙滩上涂满了污血，
野狗和狼争吃着尸首，
成千成万的苦力，
被征用，
到市区的周围，
凿山洞，
建筑防御工事，
修飞机场，
挖防空壕，
造军火库，

造地下仓库，
等工程完了，
他们也完了，
尸首被投在清水河里……

三

而东山坡——
东山坡是“风景区”，
是公园，
是“神社”，
是“忠灵塔”的所在地，
有日本领事馆，
有“居留民”的住宅，
有“高等职员”的宿舍，
房屋是华贵的，
风景是幽美的；
造房子的是谁呢?
造房子的不是九州人，
不是四国人，
也不是北海道人，
而是张家口的老百姓——
成千成万的人，
都为敌人忙碌，
在广阔荒凉的山坡上，
建造起千万幢房屋，
等一切都安排好了，
搬进去住的是日本浪人，
和那些脸涂得粉白的妇女；

而张家口的老百姓，
他们一造好房子，
就不敢再从东山坡走过
只是站在西山坡上
带着忧愁和气愤
远远地看着东山坡……

这样的日子，
足足过了八年。

四

去年八月，
八路军来了，
炮声震动山谷，
把敌人轰跑了！
“武士”们都逃了，
指挥刀也不要了，
饭也不吃了，
帽子也不戴了！

那些住宅里，
那些宿舍里，
地上丢着彩色的和服，
油漆彩画的木屐，
散着冈本和大田的名片，
美芙子给林三郎的“手纸”，
和一厚册一厚册的贴照簿，
在这些贴照簿里，
贴满了刽子手们的照片；

现在他们都完了——
无论是大佐，
无论是少尉，
无论是森大启，
无论是小冈村，
奖状和勋章都丢在地上；
有的逃了，
有的被捉住了，
有的死了，
死得这样不体面，
连骨灰也不能运回东京去；
还有那些北村英子，
美惠子、江藤春子，
梶谷蝶子、花代子，
除了留下脂粉盒子，
和卷发用的夹子，
就不再看见她们的影子。
（谁知道她们到哪儿去了呢？
听说有人看见她们，
在北平东城的胡同里，
打扮得“雍容华贵”，
在东安市场买东西。）

伪“蒙疆政府”瓦解了——
德王逃走了，
李守信逃走了，
于品卿被枪毙了，
什么“司法部长”，

什么“高等法院院长”，
已关在监狱里，
都在用手指，
数着自己最后的日子……

五

张家口，
解放了——
头上包着毛巾
穿着蓝布袄的农民，
在街上大摇大摆地走着；
工人们成群结队
大笑着走进了工会；
铁路的自卫队，
在街上操练；
妇女联合会在筹备
纪念今年的“三八”节。

所有的人都站起来，
所有的人都组织起来，
和着军队，
和着政府，
守卫这人民自己的城。
人民的城，
一切为了人民。

列车运送着劳动人民，
自来水供给人民用水，
人民在广播电台说话，

报纸登载人民的事情，
戏院演的是人民的翻身，
监狱囚禁人民的仇敌，
法院审判人民的罪犯。

张家口——
美丽的城，
无数红砖的新式房屋，
无数立体建筑，
繁杂的电杆和电线，
和白色的瓷瓶，
和如林的烟囱，
在晴空下
展开了都市的画幅……

乌黑的火车头，
冒出白色的烟，
拖着长长的列车，
从城郊驰进车站，
杂色的人群，
突然涌到街上……

街上，
人们匆忙地走着，
走进工厂，
走进商店，
走进机关，
走进学校，
一切的人都朝着一个方向：

"建设民主繁荣的新张家口！"

张家口——
幸福的城，
没有饥饿，
不受欺负，
没有压迫，
没有恐怖，
工人增加了工资，
农民减少了租子，
商人没有苛捐杂税，
人人快乐，
日子过得很舒服！

张家口——
人民的城，
美丽的城，
幸福的城，
光荣的城！
人民的手建造的，
人民的血解放的，
人民的生命保卫的，
和平的城！

一九四六年二月二十六日

维　也　纳

维也纳，你虽然美丽
却是痛苦的，
像一个患了风湿症的少妇
面貌清秀而四肢瘫痪。

维也纳，像一架坏了的钢琴，
一半的键盘发不出声音；
维也纳，像一盘深红的樱桃，
但有半盘是已经腐烂了的。

星星不能只半边有光芒，
歌曲不能只唱一半；
自由应该像苹果一样——
鲜红、浑圆是一个整体。

我的心啊在疼痛，
莫扎特铜像前的喷泉
所喷射的不是水花
而是奥地利人民的眼泪；
再伟大的天才
也谱不出今天维也纳的哀歌啊！

天在下着雨，
街上是灰白的水光，
维也纳，坐在古旧的圈椅里，
两眼呆钝地凝视着窗户，
一秒钟，一秒钟地
在挨受着阴冷的时间……

维也纳，让我祝福你：
愿明天是一个晴天，
阳光能射进你的窗户，
用温柔的手指抚触你的眼帘……

一九五四年七月八日晚　维也纳

名诗赏读

1954年，诗人出国访问，途经美丽的奥地利，风景如画的自然环境和深厚的文化积淀并不是诗人关注的对象，他担忧的是这个国家的命运。第二次世界大战后，奥地利被美、苏、英、法四国占领，分而治之，长达近十年。《维也纳》一诗表达的正是诗人对此严峻时局的忧虑。

维也纳“像一个患了风湿症的少妇”“像一架坏了的钢琴”“像一盘深红的樱桃”。诗人用一连串比喻将维也纳当时的处境生动地表现出来，它是美的，却又是痛苦的，悲哀的气息弥漫在维也纳的街巷、楼群和天空。“自由应该像苹果一样——鲜红、浑圆是一个整体。”维也纳渴望自由。接着，诗人把莫扎特铜像前喷泉里的水花比作“奥地利人民的眼泪”，“维也纳，坐在古旧的圈椅里”凝视窗外，进一步渲染了维也纳对自由的渴望。最后，诗人发出祝福：“愿明天是一个晴天，阳光能射进你的窗户，用温柔的手指抚触你的眼帘……”

《维也纳》是诗人的肺腑之言，语言清丽、意象生动，诗行里透着深切的同情，显示了诗人非凡的才华。

一个黑人姑娘在歌唱

在那楼梯的边上，
有一个黑人姑娘，
她长得十分美丽，
一边走一边歌唱……

她心里有什么欢乐？
她唱的可是情歌？
她抱着一个婴儿，
唱的是催眠的歌。

这不是她的儿子，
也不是她的弟弟；
这是她的小主人，
她给人看管孩子；

一个是那样黑，
黑得像紫檀木；
一个是那样白，
白得像棉絮；

一个多么舒服，
却在不住地哭；

一个多么可怜，
却要唱欢乐的歌。

一九五四年七月十七日　里约热内卢

名诗赏读

里约热内卢贫民窟黑人的生存境况令诗人心颤，他们处在社会的最底层，做着沉重的工作，过着食不果腹的穷困生活。诗人造访这里，看到此情此景，陷入深深的思索之中，写出《一个黑人姑娘在歌唱》，揭露并谴责世道不公、种族歧视和巨大的贫富差距，震动人心。

这首诗描写了一个黑人姑娘给别人看管孩子，为“小主人”唱催眠曲的场景。黑人姑娘与孩子形成了鲜明的对比：“一个是那样黑，黑得像紫檀木；一个是那样白，白得像棉絮。一个多么舒服，却在不住地哭；一个多么可怜，却要唱欢乐的歌。”诗人用朴实的白描手法写出了生活的真实，残酷得刺人眼目。这也是艺术的真实，诗歌的魅力跃然纸上。

善于观察的诗人抓住了生活给予的启示，关注、同情黑人的命运，以诗歌形式表达出来，体现了诗人的诗才与襟怀。恰如诗人自己所言：“思想力的丰富必须表现在对于事物本质的了解的热心，与对于世界以及人类命运的严肃的考虑上。”

礁　石

一个浪，一个浪，
无休止地扑过来，
每一个浪都在它脚下
被打成碎沫、散开……

它的脸上和身上
像刀砍过的一样
但它依然站在那里
含着微笑，看着海洋……

一九五四年七月二十五日

名诗赏读

这首诗写出了礁石坚韧不屈、积极向上的崇高精神。这精神为诗人所激赏，礁石的顽强品格其实是诗人的自我写照。少年离家，年轻时被囚禁，屈辱受难，颠沛流离，诗人历经人生的大风大浪，像那礁石一样，“每一个浪都在它脚下 / 被打成碎沫、散开……”。数十年的磨难塑造了诗人，使得他更加坚定了拥有美好生活的信念，将那追寻正义和自由的脚步迈得更加坚实。

礁石是美的，纵然“它的脸上和身上 / 像刀砍过的一样”，这种沧桑厚重的美不禁让人联想起雕塑大师罗丹的作品《老妓》。对这种美的理解和追求，一直贯穿于诗人的创作历程中。礁石虽然伤痕累累，但它始终“含着微笑，看着海洋”，面对一切摧残和挑战，俨然成为正义的化身。

本诗语言简明，寓意深刻。理解了礁石的品质，就掌握了一把理解诗人的钥匙，也就懂得了这首小诗丰富的思想内涵。人的一生中，波折不断，我们要积极面对，勇敢些，再勇敢些！

诗歌鉴赏跟我学

《礁石》创作于 1954 年 7 月，这首诗描绘了礁石面对海洋的巨浪时屹然不动的情景，刻画了礁石的顽强和坚韧不拔。诗人所想要表述的，当然不仅仅是这些。大海掀起的波浪，代表着社会上的各种困难，人在生活中遭受的千难万苦；而礁石，代表着一种人，他虽然遭受了千难万苦，“它的脸上和身上 / 像刀切过的一样”，可是却“含着微笑，看着海洋……”。也就是说，在人生的苦难面前，这种人始终怀有一种自信，一种对人生苦难的藐视态度。诗人描写礁石，也是对这种人的称赞。其实，诗人在生活中也是这样的，礁石也是诗人自己的人生态度的写照。

大海与礁石的对立，千言万语都说不清，可这首诗只有短短的八行，就将大海对礁石的无可奈何以及礁石微笑屹立的姿态深刻地展现了出来。这是诗人采用了电影特写的手法，通过抓住一个瞬间来展现的。这种手法在现代诗歌中经常采用。

在智利的海岬上

——给巴勃罗·聂鲁达

让航海女神
守护你的家

她面临大海
仰望苍天
抚手胸前
祈求航行平安

一

你爱海，我也爱海
我们永远航行在海上

一天，一只船沉了
你捡回了救命圈
好像捡回了希望
风浪把你送到海边
你好像海防战士
驻守着这些礁石
你抛下了锚
解下了缆索

回忆你所走过的路
每天瞭望海洋

二

巴勃罗的家
在一个海岬上
窗户的外面
是浩森的太平洋

一所出奇的房子
全部用岩石砌成
像小小的碉堡
要把武士囚禁
我们走进了
航海者之家
地上铺满了海螺
也许昨晚有海潮

已经残缺了的
木雕的女神
站在客厅的门边
像女仆似的虔诚
阁楼是甲板
栏杆用麻绳穿连
在扶梯的边上
有一个大转盘

这些是你的财产：
古代帆船的模型

褐色的大铁锚
中国的大罗盘
（最早的指南针）
大的地球仪
各式各样的烟斗
和各式各样的钢刀

意大利农民送的手杖
放在进门的地方
它陪伴一个天才
走过了整个世界

米黄色的象牙上
刻着年轻的情人
穿着乡村的服装
带着羞涩的表情
像所有的爱情故事
既古老而又新鲜

手枪已经锈了
战船也不再转动
请斟满葡萄酒
为和平而干杯！

三

房子在地球上
而地球在房子里

壁上挂了一顶白顶的

黑漆遮阳的海员帽子
好像这房子的主人
今天早上才回到家里
我问巴勃罗：
"是水手呢？
还是将军？"
他说："是将军，
你也一样；
不过，我的船
已失踪了
沉没了……"

四

你是一个船长，
还是一个海员？
你是一个舰队长，
还是一个水兵？
你是胜利归来的人，
还是战败了逃亡的人？
你是平安地停憩，
还是危险地搁浅？
你是迷失了方向，
还是遇见了暗礁？

都不是，都不是。
这房子的主人
是被枪杀了的洛尔伽的朋友
是受难的西班牙的见证人
是一个退休了的外交官

不是将军。

日日夜夜望着海
听海涛像在浩叹
也像是嘲弄
也像是挑衅

巴勃罗·聂鲁达
面对着万顷波涛
用矿山里带来的语言
向整个旧世界宣战

五

在客厅门口上面
挂了救命圈
现在船是在岸边
你说："要是船沉了
我就戴上了它
跳进了海洋。"

方形的街灯
在第二个门口
这样，每个夜晚
你生活在街上

壁炉里火焰上升
今夜，海上喧哗
围着烧旺了的壁炉
从地球的各个角落来的

十几个航行的伙伴
喝着酒，谈着航海的故事

我们来自许多国家
包括许多民族
有着不同的语言
但我们是最好的兄弟

有人站起来
用放大镜
在地图上寻找
没有到过的地方
我们的世界

好像很大
其实很小
在这个世界上
应该生活得好

明天，要是天晴
我想拿铜管的望远镜
向西方瞭望
太平洋的那边
是我的家乡
我爱这个海岬
也爱我的家乡

这儿夜已经很深
初春的夜晚多么迷人

六

在红心木的桌子上
有船长用的铜哨子

拂晓之前，要是哨子响了
我们大家将很快地爬上船缆
张起船帆，向海洋起程
向另一个世纪的港口航行……

一九五四年七月二十四日晚初稿
一九五六年十二月十一日整理

名诗赏读

1954 年，艾青访问智利，受到著名诗人聂鲁达的盛情招待，深为感动。艾青根据做客时的真切感受写出此诗。

“你爱海，我也爱海 / 我们永远航行在海上”，两位诗人可谓一见如故，他们有着相似的经历和共同的追求。铁锚、大罗盘、烟斗、钢刀、手杖、象牙……艾青对聂鲁达家中的一切物品都充满兴趣，因为它们无不反映着聂鲁达的趣味、品格和情感，每一件摆设都是“活”的。艾青注视着它们，用诗人的眼睛看见它们所蕴含的价值和意义，以及丰富的诗兴、诗情。

这首诗非常出色地刻画了著名诗人聂鲁达的形象，诗中呈现的一个接一个的画面，让人倍感亲切，仿佛身临其境。聂鲁达生活中的方方面面，都与大海紧紧相连，他性情豪爽，胸怀像海一般宽广，诗心有如海浪翻滚，信念高耸入云天。诗人彼此间的情谊流溢在诗行之中，比海更深，“我们”虽然“有着不同的语言 / 但我们是最好的兄弟”。全诗语言鲜活、情感充沛，散发着浓郁的艺术气息。

下雪的早晨

雪下着，下着，没有声音，
雪下着，下着，一刻不停，
洁白的雪，盖满了院子，
洁白的雪，盖满了屋顶，
整个世界多么静，多么静。

看着雪花在飘飞，
我想得很远，很远，
想起夏天的树林，
树林里的早晨，
到处都是露水，
太阳刚刚上升，
一个小孩，赤着脚，
从晨光里走来，
他的脸像一朵鲜花，
他的嘴发出低低的歌声，
他的小手拿着一根竹竿，
他仰起小小的头，
那双发亮的眼睛，
透过浓密的树叶
在寻找知了的声音……

他的另一只小手，
提了一串绿色的东西，
——一根很长的狗尾草，
结了蚂蚱、金甲虫和蜻蜓，
这一切啊，
我都记得很清。

我们很久没有到树林里去了，
那儿早已铺满了落叶，
也不会有什么人影；
但我一直都记着那个小孩，
和他的很轻很轻的歌声，
此刻，他不知在哪间小屋里。

看着不停地飘飞着的雪花，
或许想到树林里去抛雪球，
或许想到湖上去滑冰，
他决不会知道
有一个人想着他，
就在这个下雪的早晨。

一九五六年十一月十七日

名诗赏读

“雪下着，下着”，开篇的重复营造出冬天的氛围，连绵的雪花飘落，寂静无声。诗人由这雪花想到了夏天的树林、露水和一个走在晨光里的孩子，他“在寻找知了的声音”，无忧无虑、天真烂漫。诗人用画家的眼睛细致地观察到孩子手上的“玩具”——蚂蚱、金甲虫和蜻蜓，快乐的童年生活跃然纸上。诗人一直记得这个画面，记得小孩轻快的脚步和悦耳的歌声，纵然他已经很久没有去过树林，“就在这个下雪的早晨”，他想看看那个可爱的孩子，他十分怀念那些单纯快乐的日子。

这首诗写于1956年11月，诗人正处在人生最艰难的时期，当时的状况让他感到前途暗淡，命运难测。本诗的语言浅显明畅，画面优美，意境清新，细节描写出色，叙事亦是抒情，而且比主观抒情更具感染力，诗句散发着迷人的光芒。没有人能走出自己的童年，它是我们人生的底色。

烧　　荒

小小的一根火柴，
划开了一个新的境界——

好大的火啊，
荒原成了火海！

火花飞舞着、旋转着，
火柱直冲到九霄云外！

火焰像金色的鹿，
奔跑得比风还快！

腾起的烟在阳光里，
像层层绚丽的云彩！

火焰狂笑着、奔跑着，
披荆斩棘，多么痛快！

火的队伍大进军，
豺狼狐兔齐闪开！

野草不烧尽，

禾苗起不来！

快磨亮我们的犁刀，
犁开一个新的时代！

名诗赏读

1958 年 4 月，诗人因精神苦闷，生活陷入困境，所以携家人离开北京，来到黑龙江省密山县（现为密山市）的一座农场，与农垦战士一起，开启了伐木、育苗、盖房的新生活。在此期间，他创作了一些短诗，《烧荒》是唯一留存的一首。

"星星之火，可以燎原"，没错，一根小小的火柴就能让荒原变成一片火海，营造出一个新境界。诗人用生动形象的语言描绘了"火花""火柱"和"火焰"，"飞舞""奔跑""腾起""狂笑"等动词的运用恰到好处，赋予了火旺盛的生命力，它"披荆斩棘"，驱走豺狼狐兔，烧尽野草，为犁刀开辟道路，欢呼着一个新时代的来临。

这首诗主题鲜明，节奏明朗，情感饱满、激昂，表达了诗人对劳动人民的赞美，对未来的希冀。每个人都是一根小小的火柴，发出自己的光和热，只有积极热情地对待生活，才能创造新的境界，书写新的时代！

帐　　篷

哪儿需要我们，
就在哪儿住下，
一个个帐篷，
是我们流动的家；

荒原最早的住户，
野地最早的人家，
我们到了哪儿，
就激起了喧哗；

探索大地的秘密，
要把宝藏开发，
架大桥、修铁路，
盖起高楼大厦；

任凭风吹雨打，
我们爱自己的家，
它是这样锐敏
反映祖国的变化；

换一个工地，
就搬一次家，
带走的是荒凉，
留下的是繁华。

鱼 化 石

动作多么活泼，
精力多么旺盛，
在浪花里跳跃，
在大海里浮沉；

不幸遇到火山爆发，
也可能是地震，
你失去了自由，
被埋进了灰尘；

过了多少亿年，
地质勘探队员，
在岩层里发现你，
依然栩栩如生。

但你是沉默的，
连叹息也没有，
鳞和鳍都完整，
却不能动弹；

你绝对地静止，
对外界毫无反应，

看不见天和水，
听不见浪花的声音。

凝视着一片化石，
傻瓜也得到教训：
离开了运动，
就没有生命。

活着就要斗争，
在斗争中前进，
即使死亡，
能量也要发挥干净。

（原载 1978 年 8 月 27 日《文汇报》副刊《笔会》）

名诗赏读

《鱼化石》写于 1978 年，诗人走出多年的痛苦生活，被鱼化石的形象所触动——惨烈的人生感悟借助鱼化石的形象得以贴切地表达，生动的意象通过象征手法的刻画透露出强烈的现实意义。诗人写“鱼”，实则写人，写自己。“但你是沉默的……听不见浪花的声音”，没有什么比这更让人感到痛苦，诗人是在感叹自己的命运，他没有哀怨，他发出生命的宣言：“活着就要斗争，在斗争中前进，即使死亡，能量也要发挥干净。”

这无疑是一首哲理诗。诗人在书写鱼化石的同时，倾泻着自己的思考和感悟。历史的血的教训不可遗忘，需要时时警醒，生命绝不该变成“化石”。

诗歌鉴赏跟我学

这是一首咏物诗，诗人通过对鱼化石的描述，抒发了对生命逝去的惋惜和悲悼之情。

从形式上来说，《鱼化石》这首诗的形式较为整齐，全诗共七小节，每小节的字数相当，表现了诗人对形式美的追求。这正如艾青所说的："一首诗必须把真善美如此和洽地融合在一起，如此自然地协调在一起，它们三者不相抵触而又互相因使自己提高而提高了另外的两种——以至于完全。"

从内容上来说，《鱼化石》一诗的前五小节是对鱼成为化石的过程的描述。在第一小节，诗人用"动作多么活泼，精力多么旺盛"，将鱼生前的活力和朝气刻画了出来，让人联想到风华正茂、充满激情的青年时代；第二小节，描写了鱼因火山爆发而湮灭的悲剧；接下来的三小节，描写了鱼成为化石后的形态——在重见天日之后，鱼化石作为物体是完整的，依然可以看出以前的风采，可是，它却失去了生命的灵动，"对外界毫无反应"，那完整的外形又有什么用呢？第六、第七小节，则揭示了人生的哲理：生命来自运动，斗争显示生命。

整首诗巧妙地结合了哲理性思辨和象征性抒情，明着写鱼化石，实际上在写人。诗人曾说："这些年变成化石的人太多了。"从反右派斗争到"文革"结束，夺去了诗人二十年的光阴。人的一生能有几个二十年呢？诗人在复出后不能不进行思索。而鱼化石，正是曾遭受多年磨难的诗人对自己的隐喻，也是在那场浩劫中曾受到过不公正待遇的知识分子的象征。

光 的 赞 歌

一

每个人的一生
不论聪明还是愚蠢
不论幸福还是不幸
只要他一离开母体
就睁着眼睛追求光明

世界要是没有光
等于人没有眼睛
航海的没有罗盘
打枪的没有准星
不知道路边有毒蛇
不知道前面有陷阱

世界要是没有光
也就没有杨花飞絮的春天
也就没有百花争妍的夏天
也就没有金果满园的秋天
也就没有大雪纷飞的冬天

世界要是没有光

看不见奔腾不息的江河
看不见连绵千里的森林
看不见容易激动的大海
看不见像老人似的雪山
要是我们什么也看不见
我们对世界还有什么留念

二

只是因为有了光
我们的大千世界
才显得绚丽多彩
人间也显得可爱

光给我们以智慧
光给我们以想象
光给我们以热情
创造出不朽的形象

那些殿堂多么雄伟
里面更是金碧辉煌
那些感人肺腑的诗篇
谁读了能不热泪盈眶

那些最高明的雕刻家
使冰冷的大理石有了体温
那些最出色的画家
描出色授魂与的眼睛

比风更轻的舞蹈

珍珠般圆润的歌声
火的热情、水晶的坚贞
艺术离开光就没有生命

山野的篝火是美的
港湾的灯塔是美的
夏夜的繁星是美的
庆祝胜利的焰火是美的
一切的美都和光在一起

三

这是多么奇妙的物质
没有重量而色如黄金
它可望而不可即
漫游世界而无体形
具有睿智而谦卑
它与美相依为命

诞生于撞击和摩擦
来源于燃烧和消亡的过程
来源于火、来源于电
来源于永远燃烧的太阳

太阳啊，我们最大的光源
它从亿万万里以外的高空
向我们居住的地方输送热量
使我们这里滋长了万物
万物都对它表示景仰
因为它是永不消失的光

真是不可捉摸的物质——
不是固体、不是液体、不是气体
来无踪、去无影、浩渺无边
从不喧嚣、随遇而安
有力量而不剑拔弩张
它是无声的威严

它是伟大的存在
它因富足而能慷慨
胸怀坦荡、性格开朗
只知放射、不求报偿
大公无私、照耀四方

四

但是有人害怕光
有人对光满怀仇恨
因为光所发出的针芒
刺痛了他们自私的眼睛

历史上的所有暴君
各个朝代的奸臣
一切贪婪无厌的人
为了偷窃财富、垄断财富
千方百计想把光监禁
因为光能使人觉醒

凡是压迫人的人
都希望别人无能

无能到了不敢吭声
让他们把自己当作神明

凡是剥削人的人
都希望别人愚蠢
愚蠢到了不会计算
一加一等于几也闹不清

他们要的是奴隶
是会说话的工具
他们只要驯服的牲口
他们害怕有意志的人

他们想把火扑灭
在无边的黑暗里
在岩石所砌的城堡里
永远维持血腥的统治

他们占有权力的宝座
一手是勋章、一手是皮鞭
一边是金钱、一边是锁链
进行着可耻的政治交易
完了就举行妖魔的舞会
和血淋淋的人肉的欢宴

回顾人类的历史
曾经有多少年代
沉浸在苦难的深渊
黑暗凝固得像花岗岩

然而人间也有多少勇士
用头颅去撞开地狱的铁门

光荣属于奋不顾身的人
光荣属于前赴后继的人

暴风雨中的雷声特别响
乌云深处的闪电特别亮
只有通过漫长的黑夜
才能喷涌出火红的太阳

五

愚昧就是黑暗
智慧就是光明
人类从愚昧中过来
那最先去盗取火的人
是最早出现的英雄
他不怕守火的鹫鹰
要啄掉他的眼睛
他也不怕天帝的愤怒
和轰击他的雷霆
于是光不再被垄断
从此光流传到人间

我们告别了刀耕火种
蒸汽机带来了工业革命
从核物理诞生了原子弹
如今像放鸽子似的
放出了地球卫星……

光把我们带进了一个
光怪陆离的世界：
X 光，照见了动物的内脏
激光，刺穿优质钢板
光学望远镜，追踪星际物质
电子计算机，
把我们推向了二十一世纪

然而，比一切都更宝贵的
是我们自己的锐利的目光
是我们先哲的智慧的光
这种光洞察一切、预见一切
可以透过肉体的躯壳
看见人的灵魂
看见一切事物的底蕴
一切事物内在的规律
一切运动中的变化
一切变化中的运动
一切的成长和消亡
就连静静的喜马拉雅山
也在缓慢地继续上升

认识没有地平线
地平线只能存在于停止前进的地方
而认识却永无止境
人类在追踪客观世界中
留下了自己的脚印

实践是认识的阶梯

科学沿着实践前进
在前进的道路上
要砸开一层层的封锁
要挣断一条条的铁链
真理只能从实践中得以永生

六

光从不可估量的高空
俯视着人类历史的长河
我们从周口店到天安门
像滚滚的波涛在翻腾
不知穿过了多少的险滩和暗礁
我们乘坐的是永不沉没的船
从天际投下的光始终照引着我们……

我们从千万次的蒙蔽中觉醒
我们从千万种的愚弄中学得了聪明
统一中有矛盾、前进中有逆转
运动中有阻力、革命中有背叛

甚至光中也有暗
甚至暗中也有光
不少丑恶与无耻
隐藏在光的下面
毒蛇、老鼠、臭虫、蝎子
和许多种类的粉蝶——
她们都是孵化害虫的母亲
我们生活着随时都要警惕
看不见的敌人在窥伺着我们

然而我们的信念
像光一样坚强——
经过了多少浩劫之后
穿过了漫长的黑夜
人类的前途无限光明、永远光明

七

每一个人都是一个生命
人是银河星云中的一粒微尘
每一粒微尘都有自己的能量
无数的微尘汇集成一片光明
每一个人既是独立的
而又互相照耀
在互相照耀中不停地运转
和地球一同在太空中运转

我们在运转中燃烧
我们的生命就是燃烧
我们在自己的时代
应该像节日的焰火
带着欢呼射向高空
然后迸发出璀璨的光

即使我们是一支蜡烛
也应该“蜡炬成灰泪始干”
即使我们只是一根火柴
也要在关键时刻有一次闪耀
即使我们死后尸骨都腐烂了
也要变成磷火在荒野中燃烧

八

作为一个微不足道的人
天文学数字中的一粒微尘
即使生命像露水一样短暂
即使是恒河岸边的一粒细沙
也能反映出比本身更大的光
我也曾经用嘶哑的喉咙歌唱
在不自由的岁月里我歌唱自由
我是被压迫的民族，我歌唱解放

在这个茫茫的世界上
为被凌辱的人们歌唱
为受欺压的人们歌唱
我歌唱抗争，歌唱革命
在黑夜把希望寄托给黎明
在胜利的欢欣中歌唱太阳

我是大火中的一点火星
趁生命之火没有熄灭
我投入火的队伍、光的队伍
把“一”和“无数”融合在一起
为真理而斗争
和在斗争中前进的人民一同前进

我永远歌颂光明
光明是属于人民的
未来是属于人民的
任何财富都是人民的

和光在一起前进
和光在一起胜利
胜利是属于人民的
和人民在一起所向无敌

九

我们的祖先是光荣的
他们为我们开辟了道路
沿途留下了深深的足迹
每一足迹里都有血迹

现在我们正开始新的长征
这个长征不只是二万五千里的路程
我们要逾越的也不只是十万大山
我们要攀登的也不只是千里岷山
我们要夺取的也不只是金沙江、大渡河
我们要抢渡的是更多更险的渡口
我们在攀登中将要遇到
更大的风雪、更多的冰川……

但是光在召唤我们前进
光在鼓舞我们、激励我们
光给我们送来了新时代的黎明
我们的人民从四面八方高歌猛进

让信心和勇敢伴随着我们
武装我们的是最美好的理想
我们是和最先进的阶级在一起
我们的心胸燃烧着希望

我们前进的道路铺满阳光

让我们的每个日子
都像飞轮似的旋转起来
让我们的生命发出最大的能量
让我们像从地核里释放出来似的
极大地撑开光的翅膀
在无限广阔的宇宙中飞翔

让我们以最高的速度飞翔吧
让我们以大无畏的精神飞翔吧
让我们从今天出发飞向明天
让我们把每个日子都当作新的起点

或许有一天，总有一天
我们这个古老的民族
我们最勇敢的阶级
将接受光的邀请
去叩开千万重紧闭的大门
访问我们所有的芳邻

让我们从地球出发
飞向太阳……

一九七八年八月—十二月

名诗赏读

诗人的一生是追求光明的一生，光的形象多次出现在他的诗作中。1978年，诗人终于跨出痛苦的篱栏，呕心创作这首《光的赞歌》，对历史、现实和自己的一生进行了深入地思考。

全诗共九节。前三节描写的是自然之光，诗人表述了光的重要性、光的诞生和光的特点；从第四节起，诗人开始阐发对“光”的沉思，人类文明的进步、社会的不断发展，都得靠“光”。这“光”是民主、自由、科学，是智慧、信念、大无畏的精神。诗人无情地抨击了与人民作对的黑暗势力，热情讴歌了那些为了“光”挺身而出、英勇战斗的人们，“光荣属于奋不顾身的人 / 光荣属于前赴后继的人”。诗人在第八节中抒发了个人的心怀和抱负，这是对自己一生的总结，他豪情万丈地喊道：“我是大火中的一点火星……为真理而斗争 / 和在斗争中前进的人民一同前进。”最后一节，诗人高歌新的光明，与世人一起接受光的召唤、鼓舞和激励，“飞向太阳……”。

全诗篇幅宏大，立意高远，诗境辽阔，情感炽热，思想深刻，极富艺术表现力，每一句读来都铿锵有力，熠熠闪光，它无疑是诗人最出色的诗作之一。

盆　景

好像都是古代的遗物
这儿的植物成了矿物
主干是青铜，枝桠是铁丝
连叶子也是铜绿的颜色
在古色古香的庭院
冬不受寒，夏不受热
用紫檀和红木的架子
更显示它们地位的突出

其实它们都是不幸的产物
早已失去了自己的本色
在各式各样的花盆里
受尽了压制和委屈
生长的每个过程
都有铁丝的缠绕和刀剪的折磨
任人摆布，不能自由伸展
一部分发育，一部分萎缩
以不平衡为标准
残缺不全的典型
像一个个佝偻的老人
夸耀的就是怪相畸形
有的挺出了腹部

有的露出了块根
留下几条弯曲的细枝
芝麻大的叶子表示还有青春
像一群饱经战火的伤兵
支撑着一个个残废的生命

但是，所有的花木
都要有自己的天地
根须吸收土壤的营养
枝叶承受雨露和阳光
自由伸展发育正常
在天空下心情舒畅
接受大自然的爱抚
散发出各自的芬芳

如今却一切都颠倒
少的变老、老的变小
为了满足人的好奇
标榜养花人的技巧
柔可绕指而加以歪曲
草木无言而横加斧刀
或许这也是一种艺术
却写尽了对自由的讥嘲

一九七九年二月二十三日　广州参观盆景展览

名诗赏读

盆景是中国的一种传统艺术，草木被人精心培植在小小的花盆里，姿态万千，给人以美的享受。

该诗中，诗人对盆景的形象进行了细致的描绘：它们“在各式各样的花盆里 / 受尽了压制和委屈”，有的像佝偻的老人，有的像饱经战火的伤兵，生存状态惨不忍睹。全诗始终都在刻画盆景，实质上处处是在写人。在诗人眼里，这些盆景都是病态的，它们“早已失去了自己的本色”“写尽了对自由的讥嘲”。盆景的痛苦形象反映了特殊年代给人造成的痛苦。

诗人说：“意象是具体化了的感觉。”盆景的形象与诗人的情感、思想糅合在一起，构成此诗的丰富内涵。

“神　秘　果”

——给 G.Y.

这真是天下奇谈：
“吃了神秘果，
再吃黄连也不苦；
吃了神秘果，
再吃什么都是甜的。”

莫非它比黄连更苦？
莫非它比蜂蜜更甜？
莫非它能消灭味觉？
莫非它使我们麻木不仁？
吃了苦的，
才知道有甜的；
吃了甜的，
才知道有苦的；
要是我们不知甜、酸、苦、辣，
活着还有什么滋味？

只有尝尽了悲欢离合，
才知道什么是幸福。

一九七九年三月三日　海南岛

盼　望

一个海员说，
他最喜欢的是起锚所激起的
那一片洁白的浪花……
一个海员说，
最使他高兴的是抛锚所发出的
那一阵铁链的喧哗……
一个盼望出发
一个盼望到达

一九七九年三月　上海

名诗赏读

诗人曾多次出国，早年求学，后来出访，熟稔海员的生活。他们长期漂泊海上，远离亲人和陆地，生活单调乏味，大海塑造了他们独特的性情。“锚”是这首诗的核心意象，起锚是为了开启新的航程，激起“一片洁白的浪花”；抛锚意味着一次航行的结束，“那一阵铁链的喧哗”。诗人抓住了这两个富有况味的场景，描写得具体又生动。海员的心情分别是“喜欢”和“高兴”，因为“一个盼望出发／一个盼望到达”，真实贴切，诗意盎然，这是全诗的画龙点睛之笔。

诗人只写起锚和抛锚，舍弃其他方面的描绘，视角精准而独特，使得整首诗极具表现力。诗句的语调是欢悦的，海员激动的心情中蕴含着他们对工作的热爱、对胜利的欢呼，以及内心的责任和自豪。

诵读全诗可知，诗人对生活的观察是细致的、深切的，“愈丰富地体味了人生的，愈能产生真实的诗篇”，而“诗的旋律，就是生活的旋律”。

希　望

梦的朋友
幻想的姊妹

原是自己的影子
却老走在你前面

像光一样无形
像风一样不安定

她和你之间
始终有距离

像窗外的飞鸟
像天上的流云

像河边的蝴蝶
既狡猾而美丽

你上去，她就飞
你不理她，她撵你

她永远陪伴你
一直到你终止呼吸

名诗赏读

生活不能没有希望。当你心怀希望，无论生活是富足还是困苦，你都能坦然向前，动力十足。这首诗表达的正是诗人对“希望”的认识和体会。

诗人用比喻、拟人的修辞手法，将希望比作“影子”“光”“风”，“她”如影随形又与人保持距离；又将希望比作“飞鸟”“流云”“蝴蝶”，“她”美丽又狡猾，似乎不可捉摸。从出生到死亡，希望与人一路相随。

艾青的诗作一般描写具有象征意味的事物，比如太阳、火把、黎明等，抒发自己对光明、黎明和希望的向往和追求。他的诗歌具有语言朴素、意象鲜明、节奏明快、艺术内涵丰富、饱含哲理等突出特点，《希望》一诗的特点就是如此。愿世间的你时时拥抱希望，这位“梦的朋友”“幻想的姊妹”，这样，生活就会更加美好！

古罗马的大斗技场

也许你曾经看见过
这样的场面——
在一个圆的小瓦罐里
两只蟋蟀在相斗，
双方都鼓动着翅膀
发出一阵阵金属的声响，
张牙舞爪扑向对方
又是扭打、又是冲撞，
经过了持久的较量，
总是有一只更强的
撕断另一只的腿
咬破肚子——直到死亡。

古罗马的大斗技场
也就是这个模样，
大家都可以想象
那一幅壮烈的风光。

古罗马是有名的“七山之城”
在帕拉丁山的东面
在锡利山的北面
在埃斯揆林山的南面

那一片盆地的中间
有一座——可能是
全世界最大的斗技场，
它像圆形的古城堡
远远看去是四层的楼房，
每层都有几十个高大的门窗
里面的圆周是石砌的看台
可以容纳十多万人来观赏。

想当年举行斗技的日子
也许是一个喜庆的日子，
这儿比赶庙会还要热闹
古罗马的人穿上节日的盛装
从四面八方都朝向这儿
真是人山人海——全城欢腾
好像庆祝在亚洲和非洲打了胜仗
其实只是来看一场残酷的悲剧
从别人的痛苦激起自己的欢畅。

号声一响
死神上场
当角斗士的都是奴隶
挑选的一个个身强力壮
他们都是战败国的俘虏
早已妻离子散、家破人亡，
如今被押送到斗技场上
等于执行用不着宣布的死刑
面临着任人宰割的结局
像畜棚里的牲口一样；

相搏斗的彼此无冤无仇
却安排了同一的命运，
都要用无辜的手
去杀死无辜的人；
明知自己必然要死
却把希望寄托在刀尖上；

有时也要和猛兽搏斗
猛兽——不论吃饱了的
还是饥饿的都是可怕的——
它所渴求的是温热的鲜血，
奴隶到这里即使有勇气
也只能是来源于绝望，
因为这儿所需要的不是智慧
而是必须压倒对方的力量；

看那些“打手”多么神气！
他们是角斗场雇用的工役
一个个长的牛头马面
手拿铁棍和皮鞭
（起先还戴着面具
后来连面具也不要了）
他们驱赶着角斗士去厮杀
进行着死亡前的挣扎；
最可怜的是那些蒙面的角斗士
（不知道是哪个游手好闲的
想出如此残忍的坏点子！）
参加角斗的互相看不见

双方都乱挥着短剑寻找敌人
无论进攻和防御都是盲目的——
盲目的死亡、盲目的胜利。

一场角斗结束了
那些“打手”进场
用长钩子钩曳出尸体
和那些血淋淋的肉块
把被戮将死的曳到一旁
拿走武器和其他的什物，
奄奄一息的就把他杀死；
然后用水冲刷污血
使它不留一点痕迹——
这些“打手”受命于人
不直接去杀人
却比刽子手更阴沉。

再看那一层层的看台上
多少万人都在欢欣若狂
那儿是等级森严、层次分明
按照权力大小坐在不同的位置上，
王家贵族一个个悠闲自得
旁边都有陪臣在阿谀奉承；
那些宫妃打扮得花枝招展
与其说她们是来看角斗
不如说到这儿展览自己的青春
好像是天上的星斗光照人间；
有“赫赫战功”的，生活在
奴隶用双手建造的宫殿里

奸淫战败国的妇女；
他们的餐具都沾着血
他们赞赏血腥的气味；

能看人和兽搏斗的
多少都具有兽性——
从流血的游戏中得到快感
从死亡的挣扎中引起笑声，
别人越痛苦，他们越高兴；
（你没有听见那笑声吗？）
最可恨的是那些
用别人的灾难进行投机
从血泊中捞取利润的人，
他们的财富和罪恶一同增长；

斗技场的奴隶越紧张
看台上的人群越兴奋；
厮杀的叫喊越响
越能爆发狂暴的笑声；
看台上是金银首饰在闪光
斗场上是刀叉匕首在闪光；
两者之间相距并不远
却有一堵不能逾越的墙。

这就是古罗马的斗技场
它延续了多少个世纪
谁知道有多少奴隶
在这个圆池里丧生。
神呀，宙斯呀，丘比特呀，耶和华呀

一切所谓“万能的主”呀，都在哪里？
为什么对人间的不幸无动于衷？
风呀，雨呀，雷霆呀，
为什么对罪恶能宽容？

奴隶依然是奴隶
谁在主宰着人间？
谁是这场游戏的主谋？
时间越久，看得越清：
经营斗技场的都是奴隶主
不论是老泰尔克维尼乌斯
还是苏拉、恺撒、奥大维……
都是奴隶主中的奴隶主——
嗜血的猛兽、残暴的君王！

“不要做奴隶！
要做自由人！”
一人号召
万人响应
为了改变自己的命运
就要捣毁万恶的斗技场；
把那些拿别人生命作赌的人
钉死在耻辱柱上！

奴隶的领袖
只有从奴隶中产生；
共同的命运
产生共同的思想；
共同的意志

汇成伟大的力量。
一次又一次地举起义旗
斗争的才能因失败而增长
愤怒的队伍像地中海的巨浪
淹没了宫殿，掀翻了凯旋门
冲垮了斗技场，浩浩荡荡
觉醒了的人们誓用鲜血灌溉大地
建造起一个自由劳动的天堂！

如今，古罗马的大斗技场
已成了历史的遗物，像战后的废墟
沉浸在落日的余晖里，像碉堡
不得不引起我疑问和沉思：
它究竟是光荣的纪念，
还是耻辱的标志？
它是夸耀古罗马的豪华，
还是记录野蛮的统治？
它是为了博得廉价的同情，
还是谋求遥远的叹息？

时间太久了
连大理石也要哭泣；
时间太久了
连凯旋门也要低头；
奴隶社会最残忍的一幕已经过去
不义的杀戮已消失在历史的烟雾里
但它却在人类的良心上留下可耻的记忆
而且向我们披示一条真理：
血债迟早都要用血来偿还；

以别人的生命作为赌注的
就不可能得到光彩的下场。

说起来多少有些荒唐——
在当今的世界上
依然有人保留了奴隶主的思想，
他们把全人类都看作奴役的对象
整个地球是一个最大的斗技场。

一九七九年七月　北京

名诗赏读

1979年，诗人随“中国人民友好访问团”出访意大利，参观了罗马的名胜古迹。回国后，残垣断壁的古罗马大斗技场的形象引发了诗人的诗情，他站在人类历史的高度揭示了它的残酷。

开篇写蟋蟀相斗，这是我们所熟悉的，让人仿佛看到了罗马大斗技场中奴隶之间的厮杀，弥漫着紧张和悲惨的气氛，奠定了全诗的基调。然后，诗人着重描写大斗技场里的一幕幕血腥场面，“号声一响／死神上场”，厮杀声与笑声形成强烈对比，奴隶的悲惨命运和奴隶主的嗜血残忍摊在了读者面前，震颤人心。诗人发出怒吼：“不要做奴隶！／要做自由人！”他为奴隶们争取自由的斗争振臂高呼。最后，回归现实，“在当今的世界上／依然有人保留了奴隶主的思想，／他们把全人类都看作奴役的对象／整个地球是一个最大的斗技场”，这是真正的残酷，诗人为世人敲响了警钟。

诗人以锋利的笔触描绘了特定的历史场面，以深沉的思考道出了对现实的关注与思考，发人深省。如今，往昔情景不再，而古罗马的大斗技场依然耸立……

失去的岁月

不像丢失的包袱
可以到失物招领处找得回来，
失去的岁月
甚至不知丢失在什么地方——
有的是零零星星地消失的，
有的丢失了十年二十年，
有的丢失在喧闹的城市，
有的丢失在遥远的荒原，
有的是人潮汹涌的车站，
有的是冷冷清清的小油灯下面；

丢失了的不像是纸片，可以捡起来
倒更像一碗水投到地面
被晒干了，看不到一点影子；
时间是流动的液体——
用筛子、用网，都打捞不起；
时间不可能变成固体，
要成了化石就好了，
即使几万年也能在岩层里找见。
时间也像是气体，
像急驰的列车头上冒出的烟！
失去了的岁月好像一个朋友，

断掉了联系，经受了一些苦难，
忽然得到了消息：说他
早已离开了人间

一九七九年八月二十二日　哈尔滨

关于眼睛（两首）

你说眼睛是灵魂的窗子
我说眼睛是灵魂的镜子

你说世界上最美的是眼睛
我说最可怕的也是眼睛

有那么一双眼睛
在没有灯光的夜晚
你和她挨得那么近
突然向你闪光
又突然熄灭了
你一直都记着那一瞬

有那么一双眼睛
深得像一口古井
四周有水草丛生
你只向井里看了一眼
经过多少年
你还记得那古井

有那么一双眼睛
又大又澄碧

蓝天一样纯洁
月光一样宁静
你没有勇气看它
因为你不敢承担
它对你的信任

又一章

灵魂的窗子
秘密的锁孔
从它那儿
可以窥探内心
说谎的眼睛
渴望的眼睛
哀求的眼睛
宽恕的眼睛
爱情的眼睛
梦似的飘忽不定
有时诉说衷情
有时夹着怨恨

欣喜若狂
无限悲伤
都通过眼睛
仇恨在胸中燃烧
眼睛里冒出火星

面对茫茫大海
热切地期待归帆

忍受着熬煎的
是望穿秋水的眼睛

最宁静的时刻
一片落叶
睫毛——窗帘的震动
一次心跳

你从绝望中
滴下泪水
洗涤你的心
沉浸于安静

生命的黄昏来临
然后你把窗户闭紧

一九七九年九月四日早晨

名诗赏读

这两首诗都围绕着“眼睛”来写，抒发的是年近古稀的诗人对人生的感悟。

眼睛是“灵魂的窗子”，也是“灵魂的镜子”，它最美丽，也最可怕，它会在无灯的夜晚突然闪光又突然熄灭；它深邃，如一口古井；它澄碧、纯洁又宁静，叫人没有勇气凝视，“因为你不敢承担 / 它对你的信任”。眼神有很多种，说谎的、渴望的、哀求的……表达出人的不同的情感或思想，欣喜、悲伤、期待或绝望。

这两首诗蕴含哲理。诗人用生动的语言对眼睛的特点进行了分析和概括，人的喜怒哀乐、悲欢离合都在“眼睛”里呈现。可以说，这两首诗就是两篇宝贵的人生启示录，洗涤着人心；精炼的诗句引发我们去思考，富有表现力的细节、鲜活的形象亲切感人。眼睛，翻飞闪烁，在尘世的角落，在时间的长河，直至“生命的黄昏来临”……

专题 探究

探讨艾青诗歌的意象

艾青在所著的《诗论》一书中指出：诗应该“用可感触的意象去消泯朦胧暗晦的隐喻”，“意象是诗人从感觉向他所采取的材料的拥抱，是诗人唤醒感觉感官向题材的迫近”，“我们，是悲苦的种族之最悲苦的一代，多少年月积压下来的耻辱与愤恨，将都在我们这一代来清算。我们是担待着历史的多种使命的……我们写诗，是作为一个悲苦的种族争取解放、摆脱枷锁的歌手而写”。在实际创作中，艾青反对直接地毫不掩饰地抒情，认为应该给感情披上意象的外衣；也就是说，意象是连接现实与感情表达的通道，诗歌应该借助意象来抒情。所以，在他的诗歌中出现了大量的意象，形成了许多意象群：以土地为核心的包括土地、乡村、旷野、道路和河流等在内的土地意象群；以太阳为核心的包括朝霞、黎明、曙光、春天、火焰、火把、生命、胜利、树与红旗等在内的太阳意象群；以雪雾为中心的包括黑夜、严寒、风霜等意象群；以各种动物为主体的动物意象群等。其中，土地和太阳是艾青诗歌的核心意象。

现以“土地”这一核心意象为例进行阐述。

艾青许多诗歌中出现了土地、河流、道路、乡村和旷野等意象，这些意象是以土地为核心的意象群。一方面，在我国的传统文化中，土地一直处于非常重要的地位，它是人类生息繁衍的根本，是孕育生命的源泉。从“社稷”二字的内涵，到女娲抟土造人的传说，可以说，对土地的珍视已经浸入中华民族的灵魂；而且，从古至今，中国一直是一个农耕社会，土地是世世代代农民的归宿，中国人自然而然地形成了对土地的崇拜情结，艾青也不例外。从另一方面来说，在土地成为人们情感寄托之后，当外敌肆意掠夺人们世代栖居的土地，肆意破坏人们息息相关的土地的时候，无数中华儿女怎么会不痛苦？诗人发出泣血苦吟之声也就不足为奇了。诗人通过“土地”这些意象，表达了对祖国大地和对劳苦大众的深切的爱。

如《大堰河——我的保姆》一诗中写道："写着一首呈给你的赞美诗，呈给你黄土下紫色的灵魂""呈给大地上一切的，我的大堰河般的保姆和她们的儿子"，这就塑造了一个勤劳、乐观、朴实且充满无私母爱的母亲形象，这是对普通农民的一首赞歌。

又如，《我爱这土地》中写道："假如我是一只鸟／我也应该用嘶哑的喉咙歌唱／这被暴风雨所打击着的土地／这永远汹涌着我们的悲愤的河流／这无止息地吹刮着的激怒的风／和那来自林间的无比温柔的黎明／然后我死了／连羽毛也腐烂在土地里面／为什么我的眼里常含泪水／因为我对这土地爱得深沉……"诗人将自己的满腔爱国热情，通过一只鸟对养育自己的土地的深情歌唱，充分表现了出来。

另外，在其他诗歌，如《黎明》《复活的土地》《雪落在中国的土地上》《北方》《人皮》《他死在第二次》《旷野》《献给乡村的诗》等诗中，也出现了"铁黑的天与地""曾经死了的大地""那些被烽火所啮啃着的地域""我爱这悲哀的国土，它的广大而瘦瘠的土地""荒凉的土地""被践踏的祖国的土地""辛苦而又贫困的旷野啊"等，这些土地意象饱含着诗人的悲愤情感。

专题 探究

分析艾青诗歌的艺术手法

艾青的诗歌创作，特别注重细节描写这一艺术手法。艾青在《诗与感情》一文中写道：“在叙事诗里，依然需要很重的分量的抒情的章节，而就是在描写具体生活的部分，也必须具备诗的那种更高的概括。”

在《大堰河——我的保姆》一诗中，诗人就运用了大量的细节描写，使读者获得了“如见其人”的感觉。如“你用你厚大的手掌把我抱在怀里/抚摸我/在你搭好了灶火之后/在你拍去了围裙上的炭灰之后/在你尝到饭已煮熟了之后/在你把乌黑的酱碗放到乌黑的桌子上之后/在你补好了儿子们的为山腰的荆棘扯破的衣服之后/在你把小儿被柴刀砍伤了的手包好之后/在你把夫儿们的衬衣上的虱子一颗颗地掐死之后/在你拿起了今天的第一颗鸡蛋之后/你用你厚大的手掌把我抱在怀里/抚摸我”等诗句，其中的“搭”“拍”“放”“补”“包”“拿”“掐”“抱”“抚摸”等词，就把一个时刻关心、照顾乳儿的保姆形象生动细致地展现在读者面前，同时也表现出了诗人对大堰河的感激之情。

在《雪落在中国的土地上》一诗中，诗人抓住人物的外貌特征等细节描写，使读者产生联想。如“那破烂的乌篷船里/映着灯光，垂着头/坐着的是谁呀/啊，你/蓬发垢面的少妇/是不是/你的家/那幸福与温暖的巢穴/已被暴戾的敌人/烧毁了么/是不是/也像这样的夜间/失去了男人的保护/在死亡的恐怖里/你已经受尽敌人刺刀的戏弄”等诗句，其中的“蓬发垢面”“垂着头”等词，就是对少妇的细节描写，展现出了妇人悲伤的情态，引发读者的联想，达到了控诉日本侵略者残暴行径的目的。

在《旷野》一诗中，如“农人从雾里/挑着箴箩走来/箴箩里只有几束葱和蒜/他的毡帽已破烂不堪了/他的脸像他的衣服一样污秽/他的冻裂了皮肤的手/插在腰束里/他的赤着的脚/踏着凝霜的道路/他无声地/

带着扁担所发出的微响／慢慢地／在蒙着雾的前面消失”等诗句，就抓住了农民的毡帽、脸、手和脚等细节，表现了中国农民的贫苦，暗示农民必须起来同侵略者做斗争，和腐败的统治者做斗争，否则不得活。

有时，诗人传达言外之意，也是通过描写某一事物的典型细节来实现的。如《盼望》中的诗句，“一个海员说，他最喜欢的是起锚所激起的那一片洁白的浪花”，就抓住了轮船起航时起锚的细节进行描写，展现了海员的激动心情和对工作的热爱。

除了细节描写之外，艾青还善于把绘画的手法引入诗歌。作为画家出身的诗人，艾青特别注意运用富于色彩的语言。他在《诗论·语言》中说：“诗人必须有鉴别语言的能力：诙谐的，反拨的，暗射的，直率的，以及善意的和恶意的……一如画家之鉴别唤起各种不同的反应的色彩一样。语言丰富的人，能以准确而调和的色彩描画生活。”如在《北方》这首诗中，就运用了“绿”“灰黄”“土色”“灰暗”“黑色”等词语，动静结合，远近结合，勾勒出一幅“悲哀的北国”风景画，再现了北方人民所遭受的巨大灾难。同时，艾青还特别注意光线的变化。如《旷野》一诗中的诗句“一条渐渐模糊的灰黄而曲折的道路”“在广大的灰白里呈露出的到处是一片土黄，暗赭，与焦茶的颜色的混合啊”，诗人就用颜色的变迁表明光线的变换；《吹号者》一诗中的诗句“黎明——这时间的新嫁娘啊／乘上有金色轮子的车辆／从天的那边到来……／我们的世界为了迎接她／已在东方张挂了万丈的曙光……／看／天地间在举行着最隆重的典礼……”，则像一幅雄浑壮阔的画。

此外，艾青在写诗的过程中，还特别注重象征手法的运用，并通过反语、对比、比喻、排比等多种修辞手法，来增强诗歌的艺术感染力。

专题探究

举办诗歌朗诵会

【朗诵提示】

朗读诗歌前，首先需深入理解诗歌内容，想象诗歌所描绘的画面。比如在朗读《礁石》这首诗之前，我们应该先想象自己平时看到的大海的样子，尤其是大海波涛汹涌的场面，也可以通过观看视频或图片来加深印象；然后，再想象礁石在海浪的层层撞击下，虽历经千万年但依然巍然屹立的样子，使我们的心中有一个明确的感知。其次，要把握诗歌的朗读技巧。比如，朗读《礁石》，不妨先划分一下朗读时的节奏，之后揣摩朗读的技巧。在读“一个浪，一个浪”时，语速应该稍快，让人感受到波涛汹涌的情状。在读“无休止地扑过来”时，应重读“扑”字，力度要大，以达到突出风浪的力量大和破坏性强的目的；同时，“无休止”一词，也要重读，声音应该拖长，以突出磨难的漫长。另外，“但它依然站在那里”中的“依然”一词，“含着微笑”中的“微笑”一词，也应该重读，因为这两处和前文描写波浪的句子形成对比，重读可以突出礁石的乐观和坚强。

《礁石》朗读节奏划分示例：

《礁石》

一个／浪，一个／浪，
无休止地／扑过来，
每个／浪都在／它脚下
被／打成碎沫、散开……

它的／脸上和身上
像／刀切过的／一样
但／它／依然／站在那里
含着／微笑，看着／海洋……

心中荡漾着感动和激情

——读《艾青诗集》有感

读完《艾青诗集》，我的心中荡漾着感动，荡漾着激情。艾青诗歌中所蕴含的对祖国土地的热爱，对中华民族的深切同情，让人回味不已。

艾青的诗，蕴含着一种“先天下之忧而忧，后天下之乐而乐”的情怀。他那颗悲悯的心，始终对天下每一个遭受不幸的人抱有深切的同情。他的悲伤和痛苦，他的欢乐与喜悦，从来没有和自己的苦难相联系，他的目光始终投向苦难深重的劳苦大众。像唐代诗人杜甫的诗歌“国破山河在，城春草木深。感时花溅泪，恨别鸟惊心”一样，艾青用自己的笔描绘着1937年之后中华民族的点点滴滴，倾诉着自己的愤怒和同情。任何一个有良知的中国人都不愿意看到，具有几千年辉煌历史的中华民族在日寇的侵袭下狼狈不堪，谁也不愿意看到祖国的壮丽山河在日寇的铁蹄下破碎……此时此刻，逃避是懦弱的表现，国难当头，国人自当奋起。所以，艾青用自己的笔充作了战斗的武器，用朴实无华的文字抒写着悲天悯人的情怀：“我爱这悲哀的国土，古老的国土——这国土养育了为我所爱的世界上最艰苦与最古老的种族。”

艾青的诗，也传达了对光明的渴求和讴歌。他的诗中，随处可见“黎明”“太阳”“火把”等意象，如“一切的美都和光在一起”“在黑夜把希望寄托给黎明 / 在胜利的欢欣中歌唱太阳”等诗句。诗人把对光明的热烈追求蕴藏在这些意象中，让自己的情感更容易为人民所接受。他的诗歌始终包含着一种如流水般持续不断的对光明的追求，他诗歌中所描绘的始终是劳苦大众的真实生活。所以，读者更容易被其中蕴藏的情感所感动。

读一读《艾青诗集》吧，你将会更加热爱我们伟大的中华民族，更愿意为中华民族的未来贡献力量。